暴君専務は
溺愛コンシェルジュ

Kurumi & Takuma

玉紀 直

Nao Tamaki

EB
エタニティ文庫

目次

暴君専務は溺愛コンシェルジュ

プロローグ

「秘書は必要ない」

耳を疑った。

いや、その言葉を発した人間を疑った。

「そんなものは欲しいと思ったこともないし、用意しろと言ったこともない。俺には不要だ」

淡々と言い放つ人物を、笹山久瑠美《ささやまくるみ》は言葉もなく呆然と見つめる。正確には、彼の口元ばかりを見ていた。これから自分の上司になる人物が発した言葉とは思えなかったからだ。

本日付で上司になる平賀拓磨《ひらがたくま》専務。まだ三十一歳だという若さに加え、噂どおりの男前だ……と、久瑠美は思う。

ハッキリと言い切れないのは、彼が手元の書類に視線を落としているせいで、顔を正面から見ることができないからだ。

しかしながら、うつむき加減でも綺麗な顔をしている……と感じるので、イケメンなのは間違いないだろう。

（いや、角度的にイケメン、とか……。正面はそうでもないかも）

この深刻な状況下で、久瑠美の脳はまったく余計なことを考え出す。

本来は、秘書として初出勤したこの記念すべき日に、ボスになる予定の専務から「いらない」と切り捨てられてしまったことを深刻に考えるべきなのだが。

とはいえ、そんな扱いを受けているのが信じられないのだ。だから、これはなにかの冗談だと脳が判断して、余計なことを考えさせているのかもしれない。

専務のデスクの前で直立したまま、久瑠美はどうすることもできない。彼女をここへ連れてきた副社長は、とうに退室している。気まずい沈黙が流れる専務室には、自分と拓磨しかいない。

必要ないと言い放ったまま、拓磨は久瑠美を見ようともしない。

まったくの無関心だ。これ以上に居心地の悪い状況があるだろうか。

久瑠美は身体の前で重ねた両手をグッと握り合わせる。気まずい雰囲気だからといって、このままでいるわけにはいかない。

「そうおっしゃいましても、わたしも困ります」

久瑠美が冷静に言葉を紡《つむ》ぎ出すと、拓磨の手が静かに止まる。だが相変わらず目は書類に向いているので、久瑠美の言葉で止まったのか、それとも書類に気になる部分を見つけただけなのか、いまいちわからない。

それでも久瑠美は良いほうへ解釈し、言葉を続けた。

「わたしはすでに、以前の会社を退職しております。もちろん、こちらで秘書として採用していただけたからです。今さら『いらない』と言われても、聞き入れることはできません」

拓磨がゆっくりと顔を上げた。すぐに視線がぶつかって、久瑠美はハッと息を呑む。

真正面から見ると、彼の眉目秀麗《びもくしゅうれい》さに驚いた。突き刺さるような眼差しさえも美麗で、ビスクドールにも似た雰囲気がある。

思わず目を見開いてしまったら、拓磨がかすかに口角を歪《ゆが》めた。それはまるで、久瑠美を嘲笑《あざわら》っているかのようで……

(み、見惚《みと》れてた、とか思われてないわよね⁉)

にわかに焦りが走る。そんな久瑠美から目を離さないまま立ち上がった拓磨は、デスクを回りこむようにして彼女の横に立った。

そして、いきなり久瑠美の顎《あご》を掴《つか》むと、グイッと乱暴に顔を上向かせる。

なんの言葉もなく、この扱いはひどい。ひるみかかった心を奮い立たせ、久瑠美は強固な眼差しで拓磨を見返す。

拓磨の眉がピクリと動くが、彼は特に不快な顔をするわけでもなく、すぐに手を離した。

「睨《にら》みつけられたのは初めてだ」

「は……？」

「確かに、初日から『いらない』と言われても困るだろう……。わかった」

独り言のような声ではあったが、納得してくれたらしい。わかった、と言ってくれたのだ。このまま職を失うことにはならないだろう。

だが安堵《あんど》している久瑠美の前で、拓磨は綺麗な顔にニヤリと邪悪な影を漂《ただよ》わせる。

ぞくっと……おかしな寒気がした。

第一章

いい天気だ。

窓の外には抜けるような青空が広がり、清々《すがすが》しさを感じる。

ついぼんやりと考えてから、久瑠美はハッとして気持ちを引き締めた。

今は仕事中だ。そんな悠長《ゆうちょう》なことを考えている場合ではない。

……とはいえ……

「はあ～」

溜息を声に出し、何気なく向けていた大きな窓から目をそらす。

視界に映るのは、広く立派な室内。入口から近い場所と奥まった場所に、それぞれ応接セットが置かれている。奥のほうが明らかに豪華なので、手前は打ち合わせ用なのだろう。

スチール書庫は優しいクリーム色。明るい壁紙との統一感も生まれていて、堅苦しさを感じさせない。眺めのいい窓が壁いっぱいに広がり、その前には重厚で大きなデスクがある。デスクの主こそ不在だが、そこに座る姿が脳裏に浮かぶ。

彼——平賀拓磨の、研ぎ澄まされた眼光とともに……

ぶるっと小さく身震いをして、久瑠美はそこから目をそらす。視線を落とすと、目の前に置かれている電話が鳴った。

「お電話ありがとうございます。平賀コーポレーション専務室……」

『あーっ、平賀専務さん、いらっしゃいますかっ！　至急の用件なんですよ！』

久瑠美が名乗り終わらないうちに、テンションの高い男の声が聞こえてくる。またもやこの手の電話かと思いつつ、久瑠美は落ち着いた態度で相手の身分を確認した。

どうやら外車のディーラーらしい。車にあまり興味のない久瑠美でも知っている有名な高級車を扱うメーカーだ。

『先日お話しされていた限定車種で、ご希望のカラーを見つけたのでご連絡をとりたいんですよ。別の販売店に在庫が残っていたらしいんですよね。それで、今押さえさせているんで……』

名立たる高級車の限定モデルならば、さぞかし値段も張るのだろう。男の張り切りようたるや、受話器を離していても耳が痛いくらいだ。

「申し訳ございません。平賀は只今外出しております。戻りましたら、その旨お伝えいたしますので……」

『急ぐんですよー！　なんとか連絡つきませんか⁉』

「申し訳ございません。こちらからは連絡がとれない状態になっております」

一刻も早くと訴える青年に、久瑠美は冷静な一言を突きつけ、「必ずお伝えいたします」と強調して通話を終えた。

話しながらとっていたメモをもとに、電話があった時刻と相手、用件をタブレットに打ちこんでいく。午後の三時を過ぎているが、今日かかってきた電話の中では一番必死さの伝わる口調だったかもしれない。

「だけど……、本当にこっちからは連絡がとれないんだもの……」

ポツリと呟《つぶや》き、小さく息を吐く。拓磨宛てに来た電話のリストを眺めていると、なんとなくモヤッとした気持ちになってきた。

ここ、平賀コーポレーションは、大手ゼネコンと肩を並べるトップクラスの建設会社だ。久瑠美が秘書として抜擢《ばってき》された……はずの平賀拓磨専務は、この大企業の将来を担《にな》う社長令息である。

なのに……

「なんなの……これ」

リストに並ぶ用件は、どう考えても仕事に関係なさそうなものばかり。

証券会社の勧誘しかり、水商売らしき女性からのお誘いしかり、今のように車やスーツやらのセールスしかり。

すぐにでも専務にお伝えしなくては、と思わせる電話が一本もないのは、どういうことなのだろう。

仮にも大企業の専務なのだ。どう考えてもおかしいような気がする。

(それとも、会社が大きくて顔が広いゆえに、雑多な用件も多い、とか?)

今までの秘書がどんな人物だったのかは知らないが、もしそうだとしたら、こんな電話を律儀《りちぎ》に捌《さば》きながら仕事をしていたのだろうか。

と、ここでちょっとした不安が生まれた。

久瑠美は、拓磨から涼しい顔で告げられた今朝の言葉を思いだす。

『おまえの仕事は、あれだ』

彼が指さしたのは、専務室の一角――スチール書庫の前に置かれたデスク。今まさに、久瑠美が座っている場所だった。

『俺は出かけてくる。夕方まで戻らない。ついてくる必要はまったくないから、ここで電話番をしていろ。記録用のタブレットはデスクの引き出しの中だ』

一瞬、なにを言われているのかわからなかった。

自分はこの人の秘書になったはずなのに、外出に同行しなくてもいいなんて。あまつさえ、専務室に残って電話番をしていろというのだ。

大切な電話がくる予定だから、などの理由があるのならともかく、かかってくるのはさほど重要でもなさそうな電話ばかり。

今朝、秘書なんかいらないと言われたときは驚いたが、いきなり辞めさせられるわけではないとわかってホッとしたというのに。

この扱いはなんだろう……。

「わけわかんない……」

本日、何度目になるのかわからない溜息。秘書という役目をもらったはずなのに、専務がどこへ行って、どんな仕事をしているのかもわからない状態だ。

もちろん秘書として雇《やと》われたのだから、基本情報くらいは頭に入っている。

拓磨が業界でも一目《いちもく》置かれるほど有能で、そのぶんかなり仕事に厳しい人物でもあること。

今は古い雑居ビルの建て替え事業を行《おこな》っているということ。

過去の実績や、手がけた物件も知っている。

取引のある土木関係者の中には、彼の頼みでなければ動かない人さえいるという。

『すごいね、久瑠美ちゃん。あんな一流企業に引き抜かれるなんて、大抜擢《だいばってき》じゃないか』

ほんの数日前まで、久瑠美が秘書として勤めていた小さな会社の社長は、まるで自分の娘が出世したかのように喜んで激励してくれた。

実際、彼には実の娘同様にかわいがってもらっていたのだ。

久瑠美の両親は、彼女がまだ幼いころに他界している。社長は亡き父の兄で、久瑠美にとっては伯父にあたる人だった。

伯父夫婦には子どもがいなかったので、両親を亡くした久瑠美を引き取り、大学まで行かせてくれた。伯父の経営する土木建設会社に就職したのは、少しでも手伝いをして伯父の力になりたい、と思ったからだ。

なので、引き抜きの話がきたときはすぐに断った。しかし伯父は、若い久瑠美の将来を見据《みす》えていた。広い舞台へ出て、もっと輝けるようにと願い、背中を押してくれたのである。

『笹山さんは優秀だから、すごいところに目をつけてもらえたね。もっともっと活躍できるよ、笹山さんはできる子だもん』

一緒に仕事をしていた先輩や、現場の作業員たちも、誰一人として久瑠美の転職を咎《とが》めなかった。むしろ彼女を応援し、笑顔で送り出してくれたのだ。

伯父の会社は平賀コーポレーションの下請《したう》けで、社長秘書と雑用係を兼任して動き回っていた久瑠美に、平賀コーポレーションの副社長が直々《じきじき》に引き抜きの打診をしてきた。

『うちの専務の秘書を探しているんだ。君のように真面目で頭の切れる女性なら、適任だよ』

提示されたお給料や手当などの条件は格段によかった。

それになんといっても、業界有数のビッグネームだ。周囲が転職を勧めるのも当然だろう。

久瑠美としては、温泉のように居心地のよい職場を離れるのはためらわれたが……

――伯父さん夫婦やみんなの気持ちに応えるためにも、頑張ってみよう。

そう、決心したのである。

みんなの期待を背負い、さらなるやりがいを求めて転職したはずなのに……

いろいろ考えていると、なんだか胸がモヤモヤしてくる。今朝の拓磨の態度からして、間違いなく久瑠美は歓迎されていなかった。

そう考えると、ますます不安になってくる。

ぜひとも専務秘書に、とのせられて転職を決めたものの、当の拓磨には今日初めて会った。事前に挨拶《あいさつ》しておいたほうがよいのでは、と副社長に確認したが、かえってしないほうがいいと言われ、それに従ったのだ。

（もしかして、なんの挨拶《あいさつ》もなくいきなり来たから、へそを曲げられた……とかじゃないわよね……。副社長に言われたから、そのとおりにしただけだし……）

考えこんでいる頭に、電話の着信音が聞こえてくる。一日じゅうこの音を聞いているので、一瞬、脳が錯覚を起こしたのかと思った。

しかし気のせいではない。電話に目を向けると、ディスプレイに【ヒラガセンム】という文字が見える。その瞬間、頭で考える前に受話器を取っていた。

「専務、お疲れ様です」

自分が置かれている状況に不安はいっぱいだが、表向きは冷静な声を出す。

電話の向こうの相手は一瞬沈黙したものの、すぐに反応を返してくる。

『よく俺だとわかったな』

「電話機に、ヒラガセンムと表示されましたが？」

『以前いた秘書が、番号を登録していたんだろう。……余計なことを……』

「専務からのお電話には、特に注意を払えるようにしたのでしょう。真面目な方だったのですね」

『さぁ？　どんな顔だったかも覚えていないな』

（ひどい……）

久瑠美は内心、本音を呟《つぶや》いてしまう。やはり以前の秘書たちも、今の久瑠美のように電話番をさせられることが多かったのだろうか。だが、顔も覚えていないとはなんたることか。このぶんだと名前なんか絶対に覚えていないだろう。

あまりのことに言葉を失っていると、自分の発言などまったく気にしていないらしい拓磨から、不可解な指示が飛んできた。

『帰っていいぞ』

「は？」

『もうすぐ定時だろう？　定時を過ぎてからの電話なんか受ける必要はないから、帰れ』

定時を過ぎてまで働く必要はない、さっさと帰れ……というだけなら、とってもホワイトないい会社だと思う。

しかし、本当に帰ってもいいのだろうか。いや、せめて上司が戻るのを待ったほうがいいだろう。

「ですが、専務のお戻りを待ってから……」

『俺が戻るのは定時を過ぎる。今朝の様子を見るに、俺が戻らなければ定時を過ぎてもクソ真面目に電話番をしていそうだからな。一応言っておいたほうがいいと思ったんだ』

「お……おそれいります……」

とは言うものの――

(なんなのよー、それ!!)

久瑠美は叫ばずにはいられない。ただし心の中で。

(クソ真面目に、とか、なんなのよ!! 電話番してろって言ったのはそっちでしょぉ! 指示を出したボスが戻ってくるまで待っているのは当たり前じゃないの! それを、そんなイヤそうにっ!!)

「お、お忙しいところ……わざわざお電話でお伝えくださり恐縮です……。では、定時になりましたら上がらせていただきます……」

久瑠美は平静を装《よそお》い、人当たりのいい声を出す。しかし受話器を握る手には汗がにじんでいる。もう片方の手は膝《ひざ》の上で固く握られ、プルプルと震えていた。

「ですが、専務宛ての伝言をいくつか預かっておりますので、それはお伝えしておいたほうが……」

『その必要はない。たいしたものはないだろうし、聞くだけ無駄だ』

「はぁ……」

あまりにもアッサリ言われて、気の抜けた声が出てしまう。ということは、たいして重要でない電話しかこないことをわかっていて、あえてその番をさせていたということになる。

「あの……ですが、至急専務に連絡をとりたいとおっしゃっていた方もいて」

『たいていみんな、そう言うだろう？』

確かにそうだ。しかし久瑠美は、めげずに外車ディーラーの件を伝えた。

『ああ、あの男か。あまりにしつこいから、限定モデルの中でも特に珍しいカラーを指定したんだが、よく見つけたな。根性は認める』

さぞかし高額な限定車なのだろう。思わせぶりな態度をとられれば、必死になるのは当たり前だ。

「それでしたら、ご連絡してみてはいかがでしょう？　かなり急ぎのご様子でしたし」

『必要ない。同情しているなら、おまえが買ってやればいいんじゃないのか？』

「……免許を取得しておりませんので……」

自分の声が乾いているのがわかる。

いまだかつて、仕事でどんなに腹立たしいことがあろうと、態度どころか声にも出したことはない。だが、このとき初めて、久瑠美は少々不機嫌な声を出してしまった。

駅の改札を抜け、ホームへ向かう。その足取りは重かった。

まだ電車は来ていない。電光掲示板に視線を向けたまま、久瑠美は無人のベンチにストンッと腰を下ろした。

こんなふうに座ってしまうのは初めてだ。いつもはどんなに疲れていても、しっかりとホームに立って電車を待っているのに。

つまりはそれだけ、久瑠美は疲弊《ひへい》していたのである。

深く溜息をつき、ホームの天井を仰ぐ。

「……なんなの……、あの会社……」

文句というよりも弱音。そんなトーンの声が出ていた。

いっそ大きな声で叫んでしまおうか。そうしたら、この胸のモヤモヤも少しはスッキリするかもしれない。

しかしホームの雑踏《ざっとう》から生じる物音は、この規模の駅にしては小さい気がする。ここで叫べば久瑠美は間違いなく注目を浴び、会社に不満を持ったOLが自棄《やけ》になっていると、同情の目を向けられるに違いない。

(以前の駅なら、うるさいくらいだったのに)

今日からは、利用する駅も電車も変わった。以前の会社は久瑠美が住むアパートからそんなに遠くなかったので、気持ちに余裕があったし、学生の多い時間帯と重なって、行きも帰りもホームはにぎやかだったのだ。

その騒がしさに、久瑠美も元気をもらっていたような気がする。

対して、新しい会社はアパートから遠く、最寄駅の利用者は会社員が多い。どことなく地味な駅で、少々暗くも感じられる。比較的落ち着いた路線のようだが、午後五時の定時を迎えてすぐに会社を出たので、余計に人が少ないのかもしれない。

いつものにぎやかな駅が恋しくなってきた。あの空気に触れれば、この沈んだ気持ちも少しは浮上するのではないだろうか。

「なーに、シケた顔してるのー?」

聞き慣れた声がして視線を横にずらす。すると久瑠美を見下ろす人物と目が合って、凝《こ》り固まっていた顔の筋肉がふにゃりと緩んだ。

「亜弥美《あやみ》ぃ～」

「今帰り? 定時が五時って聞いてたけど、ピッタリに上がれたの? そんなに忙しくなかった? 大きい会社の秘書って大変?」

一気に質問をしながら、日野《ひの》亜弥美は久瑠美の横に腰を下ろした。サブリナパンツに包まれた細い脚を組み、上半身を前に倒して下から覗きこんでくる。気の強そうな大きな瞳が、からかうように久瑠美を見つめていた。

「大きい会社で待遇もいいのに、前のちっちゃい会社より暇？　最高じゃない」

「暇じゃないわよ……。たぶん」

たぶん。そう、たぶん暇ではないはずなのだ。朝一人で出ていってしまった拓磨が、定時になっても戻ってこられないくらいなのだから。

「亜弥美こそ、こんなところでなにしてるの？　仕事は？　今日は出社するって言ってなかった？」

「行ったわよ、午前中。昼過ぎに帰ってアパートで仕事をしてたんだけど、今日はこれから行きたいところがあるからここまで出てきたの」

「そっちは自由でいいねぇ」

嫌味でもなんでもなく、本心からその言葉が出る。亜弥美はＩＴ企業でプログラマーをしているのだが、勤務形態がかなり自由なのだという。自宅でできる仕事も多く、週に一日しか会社に顔を出さないときもある。

そんな亜弥美は高校時代からの友人だ。なにかと要領のいい彼女とは妙に気が合い、友だちの中でも一番親しくしていた。

大学を卒業して一人暮らしを始めたときから、同じアパートの同じ階に住んでいる。

空き部屋をひとつ挟んでお隣さん、という近さ。なので、お互いの近況は常に把握しているのだ。

「そういえば、久瑠美の新しい会社に行くにはこの駅で降りるんだったよなぁ～、なんて考えていたら、シケた顔してベンチに座ってるOLがいるじゃない？　よっぽど仕事で疲れたのかなって思ったら、久瑠美本人なんだもん。びっくりよ」

「はははは～」

乾いた笑いが漏れる。自分はそんなにも、疲れてますオーラを漂《ただよ》わせていたのだろうか。

「所属は秘書課なんでしょう？　初出勤だったのに、課の歓迎会とかないの？」

「歓迎もなにも……。誰一人として話しかけてこなかったし」

「は？」

身体を起こし、亜弥美は眉を上げる。彼女は驚いたようだが、久瑠美だって驚いた。

朝、副社長に連れられて秘書課で挨拶《あいさつ》してから専務室へ行き、そのままずっと缶詰め状態になっていたのだから、誰とも話せなくても仕方がない。

しかし、定時になり、一応課長に挨拶《あいさつ》に行ったときさえ、「ご苦労さん」と目も合わせずに言われたのみ。他の課員に至っては、こちらを気にしている様子はあれど、近寄ろうともしなかった。

なんなのあの会社……そう言いたくもなるだろう。

(専務どころか、秘書課からも歓迎されてないってことだよね)

そう考えると悲しくなる。新しい職場に希望を抱いて、張り切っていたのは自分だけ、ということではないか。

「久瑠美はさ、いわゆるヘッドハンティングで外部から入社した人材だから、……なんていうか……よそ者扱い……なのかもね。大きい会社って、そういうよそ者を嫌うみたいなところがあるんじゃない?」

亜弥美は腕を組んで渋面《じゅうめん》を作る。久瑠美だって、無視される原因など他に思い当たらない。やはりよそ者扱いなのかと考えると、肩身が狭くなってくる。

「大丈夫? 久瑠美。やっていけそう?」

亜弥美にしては珍しく探るように尋ねてくるのは、久瑠美に気を使ってくれているのだろう。親友に心配をかけて申し訳ない。そんな気持ちで笑顔を作るが、少々元気のないものになってしまった。

「まだ一日目だから……。やっていけるいけないを今決めてしまうのもどうかと思うし、もう少し頑張ってみようかなって……」

「でもさ、さっさと逃げたほうがいい場合だってあるし、本当に駄目だと思ったら、早く見切りをつけちゃったら?」

「見切りっていっても、次の職も決まらないままじゃ……」

「元の会社に話してみれば？　身内なんだしさ。新しい会社でいじめられたとか言えば、きっとすぐ戻っておいでって言ってくれるよ。あの会社、みんな優しいじゃない」

「できるわけがないでしょう！　そんなこと！　あんなに……みんなわたしのことを考えて、頑張れって送り出してくれたのに……！」

つい大きな声を出してしまい、久瑠美はハッとする。近くにいる人が振り返ってもおかしくないほどの大声だったが、ちょうどそのとき入ってきた電車の音に呑みこまれた。

「ごめん……、大きな声出して……」

謝りながらも、久瑠美はベンチから立ち上がる。待っていた電車がようやく来たようだ。

亜弥美もそれに気づき、立ち上がって笑顔を見せた。

「あたしのほうこそ、ごめん。甘いこと言っちゃって。久瑠美、そういうの嫌いだもんね。……そうだ、一緒に飲みに行かない？　イヤな気分にさせちゃったお詫びに奢るよ」

「これから？　どこに？」

「ご飯食べてから、お気に入りのいる店に」

「パス」

せっかくの誘いだが、即答で断る。亜弥美は「やっぱりぃ？」と言いながら笑っていた。

お互いに手を振り合い、久瑠美は電車へ乗りこむ。座れるほど空いてはいないが、吊革ゲットは余裕だった。

窓からホームを見れば、亜弥美が見送ってくれている。手を振ると、彼女も振り返してくれた。

さっぱりした性格で、いい友だちだ。昔から深刻な相談にものってくれる。

話も合うし趣味も合うが、ひとつだけ、久瑠美にはあまり理解できない趣味を持っていた。

お酒好きの亜弥美は、飲み歩くのが好きだ。その中でもお気に入りのバーテンダーがいる店には足繁く通う。美人だし、恋人が欲しいと思えばすぐに作れるタイプだと思うが、一時期はホストクラブにもはまっていた。

そういった職種の男性とつきあいたいのかと聞けば、別につきあいたいとかではなく、ただ眺めてお喋《しゃべ》りをしてドキドキしたいのだそうだ。それが楽しいのだという。

（アイドルとかに憧れるのと同じ気分なのかな……）

流れ始めた景色を眺めながら、久瑠美はぼんやりと考える。

だが、男性に対してドキドキするような経験をしたことのない久瑠美には、いまいち実感が湧かない。

（ドキドキかぁ……。ないなぁ……）

改めて考えてみても、思いつかないあたりが情けない。恋愛願望が強いわけではないが、この歳までそういった経験がないというのは……ちょっと寂しい気もする。

伯父夫婦や周りに迷惑をかけないように生きていく。そのことばかりを意識してきたように思うのだ。

（あんなに喜んでくれたのに、すぐに辞めるなんてことになったら、伯父さんと伯母さんだけじゃなくて、みんなを心配させちゃう）

それは絶対に避けたい。だから辞めるなんてことはしたくない。

しかし、それはあの拓磨と一緒に働く覚悟をするということだ。

覚悟……というより、こういう人なんだと理解して割り切り、妥協《だきょう》していくしかない。

ごくりと喉《のど》が鳴る。拓磨の鋭い眼光が脳裏によみがえり、ゾクッと冷たいものが背筋を駆け抜けた。

（弱気になってちゃダメ……まだ一日目なんだから）

とにかく、今すぐ会社を辞めるなんて考えてはいけない。

（頑張ろう）

気持ちを新たにして、久瑠美は流れていく夕暮れの空に目を向けた。

どうせ歓迎されていないのだ。なにをやったっていい顔はされないだろう。

やりたいことをやっても、遠慮してやらなくても同じなら、思うように行動して疎《うと》まれるほうがマシだ。

翌日、そう自分を奮い立たせた久瑠美は、勢いよく秘書課へ足を踏み入れた。

「おはようございます！」

どうせ返事なんかしてもらえるはずがないのだから、気取ることなく大きな声で挨拶《あいさつ》をする。そのまま早足で歩き、一応用意されている席へ行こうとしたのだが……久瑠美の足は途中で止まってしまった。

忘れ物に気づいた、とか、自分の席がなくなっていた、とかではない。

オフィス中の視線が、すべて久瑠美に向けられていたからである。しかもみんな、一様に驚きに満ちた表情をしていた。

（な、なに……？）

異様とも思える光景に、久瑠美は唾《つば》を呑んだ。……そのとき。

「すごい！　出社してきた！」

「うそぉー！　すごい！」

「絶対にもう来ないと思ったのに！」

誰がどれを言っているのかさっぱりわからないが、みんな同じようなことを口にしている。場は騒然となり、あまつさえ拍手まで起こった。

「本当、すごいわぁ。あなた、笹山さん、だっけ？」

「はい……」

直接話しかけてきたのは、背の高いパンツスーツ姿の女性だ。派手な顔つきの美人なので一見キツそうだが、口調には柔らかさがある。

「今日は絶対に来ないだろうって、昨日からみんなと噂していたのよ？」

「そ……そうなんですか……？」

「一日じゅう、どうでもいい相手からの電話をとらされていたでしょう？　普通なら耐えられないわよ。あの嫌がらせで何人辞めていったか……」

あれは嫌がらせだったのか。久瑠美は目を丸くした。

「専務があまり関わりたくない相手には、あの番号を教えるみたいなのよ。だから、たいして重要とは思えないような電話しかこないでしょう？　仕事関係の電話は、全部専務が持ってるスマホに繋がるようになっているのよ」

秘書なんていらないとハッキリ言われたのだから、嫌がらせをされても不思議ではない。過去にも何人かが同じような扱いを受けているようだ。

「専務は仕事ができる人だから、秘書はいらないってスタンスなんだけど、やっぱり体《てい》裁《さい》上、そういうわけにもいかないでしょう？　副社長が気にしてあれやこれや手を回すんだけど、これまで全滅なのよ」

「あ……わたしに声をかけてくださったのも、副社長でした」

「副社長って、社長の弟でね、専務の叔父にあたる人なのよ。たぶん、社長からも専務に秘書をつけさせろって、再三言われているんじゃないかしら。……全滅だけど」

大事なことなので二回言いますとばかりに繰り返し、彼女は苦笑いをした。拓磨に秘書をつける作戦は、よっぽど上手くいっていないのだろう。

そこで、別の女性課員が口を開く。

「全滅して当然だと思うわ。秘書としてのプライド、滅多斬《めったぎ》りだもの。ある人なんて、定時に戻ってきたとき『大丈夫？』って声をかけたら、一日我慢していたものが爆発したのか泣きながら大暴れよ。もちろん翌日から来なくなったけど」

驚くような話だが、今の久瑠美にはその気持ちもわからなくはない。

「それ以来、〝入社初日の専務秘書には話しかけるな〟っていう暗黙の了解ができたのよね」

「そうなのよ。だいたい翌日から来ないし」

二人はうんうんとうなずき合う。どうやら昨日、久瑠美が秘書課の面々から無視されていたように感じたのは、こういう理由があったからのようだ。

ということは、秘書課内で邪魔に思われているわけではないのだろう。

少しホッとして力が抜けそうになったとき、美人にガシッと両手を握られた。

「いつまで耐えられるかわからないけれど、とにかく、頑張ってね！」

「は……はいぃっ」

激励はされているようだが、期待はあまりされていないようである。

ただ、昨日の一日で絶望して、早々に辞めようなんて決心しなくて正解だった。

いくらか軽くなった気持ちと足取りで、久瑠美は専務室へ向かう。——そして彼女は、
そこでとっても珍しい……であろうものを見てしまったのである。

目を見開き口を半開きにした、平賀専務のご尊顔《そんがん》だ。

自分が同じ顔をしたなら「なにアホ面《づら》さらしてるんだ」と言われそうな表情だが、イケメンがやるとアホ面《づら》もイケメンなのだと、久瑠美は初めて知った。

しかし、そのだらしないとも言える口から発せられたのは、一瞬耳を疑うような言葉だった。

「おまえ、馬鹿か」

「はいぃ？」

久瑠美は思わず間抜けな声を出してしまう。

「おまえにはプライドがないのか。よくノコノコとやってこられたな」

ひどい言われようだ。つまりは昨日あれだけないがしろにしてやったのに、よく出社できたなと言いたいのだろう。

昨日の仕打ちが、秘書のプライドをズタズタにするものなのだと、彼はわかっている。わかっていて、あの電話番をさせたのだ。

――おそらく、自主的に辞めるよう仕向けるために。

彼は、秘書というものをまったく必要としていない。改めて、悔しいほど思い知らされた。だが……

久瑠美は拓磨のデスクの前に立つと、彼をまっすぐに見据《みす》えた。

「わたしには、専務の秘書としてのプライドがあります。それに従って出社するのは当然だと思いますし、馬鹿でもないと思います」

すると、久瑠美を面白そうに見ていた拓磨の目が、いつもの鋭さを取り戻す。彼は先程の発言など気のせいであったかのように、冷静な声で言った。

「どうやら昨日の電話応対は完璧だったようだ。リストも実にわかりやすかった。着信時刻、相手、内容、おまけに通話にかかった時間まで。ああ、そういえば〝声の様子から想像できる至急レベル〟っていう項目は面白かったな。あんなものまで作っていたのはおまえが初めてだ」

「ありがとうございます。それと僭越《せんえつ》ですが専務、わたしの名前は笹山です。頭の片隅にでも留め置いていていただければと思いますが」

褒められたことには素直に礼を言い、ひとつ不満に感じたことだけ、やんわりと申し出る。昨日から「おまえ」としか呼ばれていないのが気になっていたのだ。

わざとそう呼んでいたのなら嘲笑《ちょうしょう》されるかと思ったが、拓磨は今思いだしたと言わんばかりの顔をする。

「ちょくちょく代わるので覚える気もなかったが、そういえば副社長に紹介されたとき、そう聞いた覚えがある」

正直ではあるが、ひどい話だ。

(覚える気、まったくナシってことですか)

内心でムッとしつつも、それを口にはしない。確かに一日で辞めてしまう人間ばかりなら、名前を覚えるのも面倒になるだろう。どうせ明日は来ないだろうからと、久瑠美に関わろうとしなかった秘書課の面々だって同じだ。

(でもっ！　辞めさせているのは自分じゃないのっ！)

拓磨が秘書に無関心すぎる理由はわかったが、そもそもの原因に気づいて久瑠美の心が叫ぶ。

「さて、笹山」

そこで話を変えようとするかのように拓磨が立ち上がった。初めて名字を呼ばれた驚きで、久瑠美の背筋がピッと伸びる。

「は、はいっ！」

ゆっくりと近づいてきた拓磨が久瑠美の肩にポンッと手を置き、にやりと笑った。

「今日も、頑張れ」

彼がくいっと顎《あご》をしゃくった先には、昨日久瑠美が一日じゅう座っていた電話番用のデスクがある。

今日もあそこで、与えられた役目だけこなせと言いたいのだろう。

「俺は外に出る。定時になったら帰っていいからな」

「えっ……あ、もう出られるんですか？」

「出るが？　おまえは電話番だからついてこなくてもいいぞ」

先手を打ったつもりなのだろう。再び「おまえ」呼びで、拓磨はスパッと切り捨てた。

あまりにも早い切り返しに一瞬ひるんでしまうが、せめてなにかコミュニケーションをとって自分の存在を覚えておいてもらわなくては。

「ひと息ついてからお出かけになってはいかがでしょう？　コーヒーでもお淹《い》れします」

「雑巾のしぼり汁でも入れられたら面倒だ。そんな心配をするくらいなら金を出して買って飲む」

……返す言葉が出てこない。

背を向けてさっさと出ていく拓磨を見送り、閉まったドアを見つめたまま、久瑠美は呆然と立ち尽くす。

(雑巾……とか……。今どきそんなことする人がいるんですかっ⁉)

もともと人間関係の円満な職場にいた久瑠美には信じられない話だが、確かに聞いたことはある。しかしそれだって、ただの噂にすぎないのではないかと思っていたのだ。

(もしや、やられたことがあるとか……やられそうになったことがあるとか……でも、まさか、そんなことをする人が本当にいるなんて……でも、あの専務ならやられてもおかしくない……)

そこでふと、仕事がらみとは限らないことに気づく。

あれだけの美丈夫《びじょうふ》だ。きっと、女性にも盛大にモテるに違いない。

(痴情《ちじょう》のもつれで、そういう目に遭ったことがあるとか……)

決して考えられないことではない。頭が余計な詮索《せんさく》をしそうになったとき、電話番用デスクから着信音が鳴り響いた。

「はいはいはいっ」

急ぐ気持ちを口に出してデスクへ駆け寄る。おかしなことを考えている場合ではない。

久瑠美は受話器を持ち上げ、耳に持っていきながら、チラリとディスプレイを見た。

【センムノ　アレ】

そこには番号ではなくカタカナが表示されている。なんのことかと気にする前に、久瑠美は声を発していた。

「お電話ありがとうございます。平賀コーポレーション専務室、秘書の笹山でございます」

昨日、散々《さんざん》繰り返した言葉が自然と出る。……が、応答がない……。

「もしもし？」

確認しても相手は無言だ。

電話機の不調だろうか。それとも……

いろいろ考えたような気はするが、その間《かん》、おそらく数秒。電話はすぐに切れてしまった。

耳から離した受話器を眺め、久瑠美は首をかしげる。今のはいったいなんだったのだろう。ただの悪戯《いたずら》だろうか。

いや、【センムノ　アレ】と表示されたということは、番号が登録されているのだから、初めてかかってきた番号ではない。おまけに拓磨がらみと思われる。

「アレって……なんだろう」

もしかしたら拓磨のもうひとつの番号だろうか。仕事の電話を社用のスマホで管理していのなら、プライベート用に別のスマホを持っていてもおかしくない。

今かけてきたのが拓磨だとすれば、久瑠美が真面目に仕事をしているかどうか、確認の意味でかけてきたのではないか。

秘書はいらないと言った人がそんな確認をするだろうか、とも思うが、ひとまず久瑠美の仕事ぶりを見てみようと思ってくれているのかもしれない。

久瑠美は受話器を置き、ストンッと椅子に腰を下ろす。そしてメモ用のノートを開き、タブレットを起動させて……ハッとした。

昨日作った電話リストの一件一件にチェックがつけられている。口ではあんなことを言いながら、拓磨はすべてに目を通してくれていたのだ。

ただの嫌がらせで電話番をやらせているのなら、ここまでしないのではないだろうか。

（本当は、部下の仕事ぶりをきちんと見て評価してくれる、いい上司なんじゃ……）

もしそうだとしたら、拓磨は試しているのではないだろうか。

自分は優秀な秘書だと思っている人間にあえて電話番をさせ、些細《ささい》な仕事でも真面目に取り組むことができるかどうかを……。

久瑠美はタブレットを見つめ、うんうんとうなずく。

試されているのなら、それをクリアしなければ。すぐに辞めていった秘書たちは、「こんなくだらないことさせて！」と投げ出してしまい、拓磨の期待に応えられなかっただけかもしれない。

「よし、やろう。雑多な仕事は得意なんだからっ」

拓磨が求める秘書の形が、少し見えたような気がする。久瑠美は俄然《がぜん》やる気になった。

以前の会社では、社長秘書といえど小さな雑用もやっていた。ゴミの分別から使いっぱしりまで。

拓磨の期待に応えられれば、秘書としての仕事もさせてもらえるかもしれない。

そう気持ちを切り替えたとたん、目の前の電話が鳴る。久瑠美は張り切って受話器に手を伸ばした。

――そしてこの日も一日、電話番に明け暮れたのである。

「あと十分で定時かぁ……」

スチール書庫に分厚《ぶあつ》いファイルを両手で押しこみ、久瑠美は腕時計を確認する。今日も早く帰れそうだと感じつつ、書庫のガラス戸を閉めた。

デスクの背後、壁に沿って置かれたスチール書庫には、主要な取引先のデータや物件の資料などが、わかりやすくまとめてファイリングされている。

かなり前のものから最近のものまで様々だが、まとめかたにブレがなく統一されている印象だ。専務秘書が定着していないなら、これは他の誰かがまとめてくれているのだろう。

（大規模な建築物に関する資料も、すごくわかりやすかった。基礎構造とか地盤のことかは勉強したことがなかったけど、そんなわたしでも理解できたもんね）

誰がまとめているのか、秘書課の人に聞いてみよう。そう考えながらデスクに戻り、タブレットをタッチする。今日の電話リストを確認して、久瑠美はわずかに眉を寄せた。

「四回もきてる……」

ちょっと重い気持ちになってしまうのは、【センムノ　アレ】という電話が朝から四回もかかってきていたからだ。

おまけに、すべて無言で切れている。

拓磨が様子を探るためにかけてきているのだとしても、少々しつこくはないだろうか。それに、無言じゃなくてもいいと思う。「調子はどうだ」の一言くらいあってもバチは当たらない。

（不審な電話への対応力とか、試されているのかな）

そうだとしたら、一緒に無言になっていたのはまずかったかもしれない。とはいっても、数秒で切れてしまうので、話しかけるタイミングがつかめなかった。

今度かかってきたら、すぐに話しかけてみようか。……そんなことを考えていた矢先、ノックもなく専務室のドアが開いた。

「いたか。間に合ったな」

入ってきたのは拓磨だった。定時前に戻ってくるとは思っていなかったので、久瑠美は「専務⁉」と驚いた声をあげてしまい、呆れたように鼻で笑われてしまう。

きっと、そんなおかしな声をあげるほどのことかと思われたに違いない。

（でも、鼻で笑わなくたっていいと思う……）

かすかな不満は覚えるが、久瑠美はにこりと笑って頭を下げた。

「お疲れ様です。定時までに戻られるとは思いませんでした」

「戻ってくる気はなかったんだけどな。戻ったときに人がいると鬱陶《うっとう》しいし」

「あはは、そうですかぁ……」

笑い声が乾く。すいませんね！　と心で叫んだとき、久瑠美のデスクになにかが置かれた。

なんだろうと見てみれば、近くにあるコーヒースタンドのマークが入ったカップだ。

久瑠美がときどき買うスモールサイズより少し大きい。

「甘いものは大丈夫か？　ものすごく甘いから、おまえにやる」

「え？　わたしに、ですか？」

意外なサプライズに驚きつつも、笑みが浮かびそうになる。だが、それを阻止するかのごとく拓磨が理由を口にした。

「午後から会議で、そのあと副社長にもらった。『疲れているだろうから甘めにしておいた』とか言われたから、かなり甘いぞ。俺が甘いものは苦手だと知っているくせに、たまにこういう余計なことをする」

「かなり甘いって、どうしてわかるんですか？　飲んでいないのでは？」

「副社長はただでさえ甘党だ。あの人の『甘くしておいた』は、俺にとっては飲みこめないレベルの甘さだ」

それはすごい……。拓磨はよっぽど甘いものが苦手なのだろう。意外なところで、彼に関する新情報を得てしまった。

久瑠美は「ありがとうございます、いただきます」と言ってからカップに口をつける。

別に飲みこめないほど甘いわけではない。ちょっと甘くなっちゃったけどいいか、くらいのレベルだ。

甘いものは特に好きでも苦手でもない久瑠美がそう思うのだから、甘党の副社長なら物足りないくらいだろう。

（副社長も、専務の好みを考えて控えめにしてくれたんじゃないかな）

ちょうど終業前で喉《のど》が渇いていた。程よい甘さが心地よくて、久瑠美は一口、二口とコーヒーを飲み進める。

「相変わらず、今日もシッカリ記録しているんだな」

タブレットを手に取った拓磨が、本日の電話リストをスクロールする。だが、ある一点で止まり、そこを凝視《ぎょうし》しているようだった。

「〝センムノ　アレ〟って、なんだ？」

不思議そうな声に白々《しらじら》しさを覚え、久瑠美はわずかに口元を歪《ゆが》める。

「着信時刻を見てください。身に覚えがあるのでは？　全部無言だなんて、なにかと思うじゃないですか。様子を知りたいのなら、そんなことをしなくたって……」

「なんのことだ？　これが俺からの電話だとでも思っているのか？」

「違うのですか？」

「おまえの様子を気にするほど暇じゃない。そんな無駄なことをする気もない」

カチンとくる、という感覚は、きっとこういうことなんだと久瑠美は思う。あんまりな言いかたをされて不快な気持ちになる。

「専務じゃないなら誰なんですか？　おそらく以前からかかってきている電話だと思いますよ。〝センムノ　アレ〟で登録してありましたから。てっきり、専務のプライベート用の電話番号なのかと思いました」

なにか思い当たることがあったのか、それとも関心を失っただけなのか、拓磨はタブレットを置き、自分のデスクのほうへ歩いていく。

「さっさと飲んで帰れ。リストはあとで見ておく」

「専務は……」

「仕事だ」

「お忙しい専務を残して、秘書が帰るわけにはいきません」

「おまえに与えた仕事は定時までだ」

せめてもの思いで口出ししてみたが、アッサリと返される。椅子に腰を下ろした拓磨は目の前のパソコンを起動させると、それっきり無言になり、久瑠美のほうを見ることもしない。

なにを言っても無駄だろう。【センムノ　アレ】という電話は、久瑠美の様子を探ろうとして拓磨がかけていたものではない。ということは、拓磨は本当に、まったくといっていいほど、秘書というものに興味も関心も持っていない。

少しでも気にしてくれていると思った自分が馬鹿みたいだ。

程よく甘かったはずのコーヒーが苦く感じられてきた。久瑠美はそれを一気に飲むと、早々に専務室を出た。


——久瑠美が専務秘書になって、早くも二週間が過ぎた。

とはいっても、仕事は相変わらず電話番と、その他雑用だけで、秘書らしいことは一切させてもらえていない。

「すごいわ！　二週間も続いた人なんて、私、初めて見たわ！」

ちょうど二週間目となる金曜日。定時を迎えたので帰ろうとした際、感動した様子で久瑠美の両手を掴《つか》んだのは、入社日の翌日、最初に声をかけてくれた美人の先輩――岸本百合《きしもとゆり》である。

周囲にいた秘書課の面々からも、よくやったとばかりに拍手が沸き起こる。はた目には大袈裟《おおげさ》な反応に見えるだろうが、これが決して大袈裟《おおげさ》ではないのだということを、久瑠美自身がよく知っていた。

あの専務のもとで二週間も働いたのだ。自分で自分を褒めてあげたい。

「笹山さん、来週も来る？　来てくれる⁉」

「はははいっ、来ますっ」

睨《にら》みつけるような必死な形相で言われ、思わず腰が引ける。しかし両手を掴《つか》まれているので逃げることはできなかった。

これは、二週間も仕事が続いた変わり者をここで逃してなるものか、ということなのだろうか。

久瑠美が戸惑っていると、その手をがっしりと掴《つか》んでいた手が離れ、鬼気迫る形相だった百合がパッと笑顔になった。

「よかった。じゃあ、来週は歓迎会ね」

「……え？」

キョトンとする久瑠美をよそに、百合とその周囲は盛り上がる。

「平日だと各自の担当役員のスケジュールなんかも絡んでくるから、たぶん土曜日になっちゃうと思うけど、その辺は週明けにでも相談しましょう」

周囲から「ＯＫ」「賛成」という声が飛び、通りすがりの課長からも「了解」の一言が出た。

意味はわかるのだが、久瑠美は呆然としてしまう。

なにせ歓迎されている、という実感はまだない。

「あの……、歓迎会って……」

「なにをビックリしているの？　笹山さんのに決まっているでしょう？　こんなに頑張ってくれているんだもの、もう大丈夫よね？　辞めないわよね？」

「え……はい、あの……」

「よし、確かに聞いたわよ。お酒は大丈夫？　なんでも飲めるほう？　なんかかわいい雰囲気だから、サワーしか駄目ですぅ、とか言いそう」

「い、いいえ、結構いける口で……」

意外な答えだったのか、「おおっ」と周囲が沸いた。加えてお酒に関してはうるさい、もとい精通しているらしい課長が話に加わり、さらに場は盛り上がって……

久瑠美はこの日、帰宅の電車を数本逃すことになったのである。

自分は、あの会社の秘書課の一員になれたのかもしれない。

そんな実感が湧き、感動さえ覚える。

頑張ろう。辞めないだけであんなに盛り上がってくれて、歓迎会まで開くと言ってくれた課員たちの期待に応えられるように。

――とはいえ……

「これ以上頑張りようがないのよ！　ほんとっ！」

苛立《いらだ》ちのままに叫び、久瑠美は膝《ひざ》の上にかかえていた細長いクッションにバフッとこぶしを入れた。

八つ当たりよろしくボスボスとクッションを殴る久瑠美を見ながら、亜弥美がアハハと声をあげて笑う。

「久瑠美がこんなに荒れるなんて珍しいよね。よっぽど……なんだね、その専務」

「よっぽど、っていうかなんていうか、秘書っていう存在自体が、あの人の眼中にはないのよ。それじゃ頑張りようなんて……あーっ、もうっ」

頑張りたいのに頑張れない。仕事がしたいのにさせてもらえない。複雑すぎるジレンマに奥歯を噛みしめ、久瑠美は上半身を倒してクッションに頭をうずめた。

帰る間際に秘書課で話しこんでしまったこともあり、今日はアパートに帰るのが少し遅くなった。

亜弥美の部屋の前を通り過ぎたとき、足音で気づいたのかドアが開き、「いつもより遅いから、どうしたのかと思った」と彼女が顔を出した。

亜弥美も夕食はまだだというので、デリバリーでも頼んで一緒に食べよう、ということになったのである。

着替えてから亜弥美の部屋へ行き、ピザやチキンをつまみながらビールを飲む。アルコールに流され……たわけではないと思うが、秘書課の面々が意外と気さくでいい人ばかりだという話から、いつの間にか拓磨に対する愚痴へと変わってしまったのである。

「でもさ、これまで一日で辞めた人ばかりなのに、久瑠美は二週間も続いているんでしょう？　そのあたり、専務は認めてくれていないわけ？」

亜弥美はローテーブルに置いたノートパソコンをカチャカチャと叩きながら、もっともなことを口にする。横にはコンパクトなデジカメがあるので、きっと画像の整理でもしているのだろう。

向かい合わせになっているため、どんな画像かは見えないが、別に気にはならない。そんなものを気にする前に、頭の中は拓磨への苛立《いらだ》ちでいっぱいになっていた。

「認めていれば、なにかしら仕事を任せてくれるでしょう？　あぁ、そうだ、電話のリストを作るのが上手いとは言われたわよっ」

「なんじゃそりゃ。でもさ、秘書として雇《やと》われたのに、これでお給料をもらうなんて申し訳なくて……とか、ちょっと謙虚なことでも言ってみたら？」

「とっくに言ったわよ。そうしたら……」

あれは今週の初めだった。毎日電話番をしているが、ひっきりなしに電話がくるわけではないので、簡単な仕事でいいから任せてくれないかと頼んだ。すると……

『おまえの後ろにあるものはなんだ。ただの壁か？　その書庫には、今まで俺が手掛けた案件や取引先の実績がファイリングされている。それらを読むということは、俺の仕事を知るということ、ひいてはこの会社を知るということだ。おまえにはそんな気概《きがい》もないのか』

読め、なんて一言も言われたことはない。そのくらい自主的にやるつもりもないのかと言いたいのだろう。

しかし、書庫の資料など入社から一週間で軽く網羅《もうら》した。

そのことを言えば言ったで……

『一度目を通したくらいでわかった気になるな。暗記するつもりで読みこめ。違うものがいいのなら資料室に山ほどあるぞ。創業百年になるこの会社の歴史に触れてこい』

秘書の仕事など、させる気は微塵《みじん》もないのがわかる。

それでも「必要がないからクビだ」とまでは言わないので、少しは人としての情がある……と思いたい。

「でもね、その専務、一日じゅう外出しているんでしょう？　事務処理とかはどうしてるの？　手が回ってないんじゃないの？」

「事務処理も自分でやってるみたい。誰かが任されてるっていうのは聞かないし。あと、書庫にあるファイルの整理も全部専務がやってるらしくて……。なんなの、あの人……。実は分身の術とか使えるんじゃない？」

「それだったら、いくらでも一人で仕事ができるよねぇ」

亜弥美は面白そうに声をあげて笑うが、久瑠美はいまいち笑えない。拓磨は一人で執務室にいるとき、こっそり分身しているんじゃないかと、本気で思ってしまう。

思わず大きな溜息が出る。テーブルからチューハイの缶を取ろうとしたとき、亜弥美が笑顔でパソコンをくるりと回転させた。

「まあまあ、そんな暗い気分のときはさ、あたしのイチオシでも見てよ。ほら」

モニターの中では、蝶《ちょう》ネクタイ姿の王子様系イケメンが微笑んでいる。バックにはズラリと並んだアルコールのボトル。どうやら亜弥美が足繁く通っている飲食店の店員らしい。

「ふぅん……。イケメンだけど、ちょっと素朴な感じ？」

「そこがまたいいのよ。でも、なに？　その感動の〝か〟の字もないような反応。『うわぁ』って感動のあまり二度見しちゃうような、いい男だと思わない？」

「三度見か四度見はされるんじゃないかと思える上司を毎日見てるとね、顔の造りがいいってことに関してあまり感動しなくなるものなのよ」

「そんなにいい男なの？　久瑠美の上司」

「顔の造りはいいけど、性格は最悪だと思う」

顔が綺麗なら心も綺麗……なんて言う人もいるが、そうとは限らないのだ。絶対に。

あまり興味を持ってもらえなかったのが悔しいのか、亜弥美はパソコンの向きを直すと、壁際の本棚を挑戦的に指さした。

「イチオシが、そんな顔だけの男に負けたとあっちゃ悔しいわ。歴代の中で勝てるコいない？　粒ぞろいだよ～」

亜弥美が示す本棚の下段には、彼女のお気に入りのショットを収めたアルバムがある。

久瑠美も話のネタにパラパラと覗いたことはあるが、じっくりと見たことはない。

久瑠美はチューハイ片手に四《よ》つん這《ば》いで本棚に近づく。

「亜弥美ってさ、今はほわっとした優しい王子様タイプが好みでしょ？　でも、昔は違ったよね？」

「ん～、ひと昔前はオラオラ系かなぁ……。まあ、世間的にも流行《はや》ってたしね」

下段の左端に薄いアルバムが三冊ある。一番端のものを引き抜くと、五年前から四年前の日付が書かれていた。

（五年前って……。二十歳《はたち》になったばかりじゃない）

そのころから彼女にはイチオシ君がいたらしい。しかし二十歳《はたち》といえば、まだ大学生。亜弥美が学習塾でアルバイトをしていたのは知っているが、そのバイト代のほとんどはこっちの趣味に消えていたのではないだろうか。

（アイドルに入れこむのと比べたら、こっちのほうが身近な存在だし、まだマシ……なのかな）

自分にはわからないと思いつつも、心の中で友を擁護《ようご》しておく。その場に座ってぺらっと開くと、いきなりブラックスーツ姿の集団が目に入った。

全体的に白っぽい内装の部屋で、バックには鳥かごを思わせるような大きな窓。額縁《がくぶち》に金や銀の装飾が施《ほどこ》された絵画やフラワーテーブルがある。それほど大きくない丸テーブルには、レースのテーブルクロスが敷かれていた。

ブラックスーツの集団といっても、よく見れば四人ほどが写っているだけ。すべて男性だ。メインで撮られている青年だけが、他の人とは少し違うものを着ていた。

おそらくこの青年が、当時のイチオシ君だったに違いない。隠し撮りのように見えるのが気になるが、彼だけを写したものが他にもある。

久瑠美はページをめくる手を止めた。そのまま写真に釘づけになってしまう。

（……似てる……？）

湧き上がるのは、おかしな疑問。

まさか……

いや、そんなはずはない……

「あー、それ、懐かしいなぁ。トーマさんだ」

横から亜弥美が覗きこんできて、久瑠美はビクッと震える。

「そんなにビックリしないでよ。いい男に見惚《みと》れちゃったから恥ずかしいの？　そうだよねぇ、男に見惚《みと》れるなんて久瑠美のガラじゃないもんね」

考え事をしていたときに声をかけられれば、誰だって驚く。しかし「考え事ってなに？」と聞かれると困るので、久瑠美はハハハと笑ってごまかした。

「……あの、亜弥美……。これは、ホストクラブかなんか？」

「違うよ、よく見て。窓の外が明るいでしょう？　これはね、執事サロン」

「執事サロン……。執事喫茶、みたいなやつ？」

「似てるけど、ちょっと違うかな。なんていうか、執事喫茶よりちょっと高級っぽいんだよね。話しかたとか接しかたも、こっちが照れちゃうくらい決まっててさ。……なんとなくわかる？」

まったくわからない……

久瑠美は首を横に振る。亜弥美はその横に座り直し、写真を指さしながら説明してくれた。

「このトーマさんは、サロンのナンバーワンでチーフだった人。だからほら、彼だけ燕《えん》尾服《びふく》でしょう？　他のコはブラックスーツだけど」

普通のスーツとは違う、という感想しかなかったが、言われてみれば上着の裾《すそ》が後ろだけ長い。ネクタイも柔らかそうなスカーフタイだ。

さらによく見ると、他の青年は白手袋をはめているが、彼だけ黒、それもショートタイプのものをはめていた。

一人だけ特徴のあるスタイルなのに、そちらには目が行かない。久瑠美の視線は彼の顔に釘づけになったままだった。

「いつでも店にいるわけじゃないし、個室のお客さんからのご指名が多くて、ホールで姿を見られたらラッキー、って人だったなぁ。あたしもトーマさんに会いたくてさ、当時は毎日通ったわ」

「……あのさ、ここって、あの……いかがわしいサービスのある店……とかじゃないんだよね……？」

非常に聞きづらいことなので、久瑠美の言葉は途切れがちになる。しかも聞いたそばから亜弥美がアハハと笑うので、もしや図星では？　とドキリとした。

「うーん、そうだよねぇ。久瑠美みたいに興味のない人が個室って聞いたら、変なこと想像しちゃうよね。でも残念ながら、そういうサービスはないの。ちょっと特殊な喫茶店、って言いかたのほうがよかったかも」

「特殊な喫茶店……」

似たようなものとしては、メイド喫茶あたりだろうか。行ったことこそないが、メイド姿の女の子がかわいくおもてなしをしてくれるらしい。

それならこの執事サロンとやらも、執事姿のイケメンがおもてなしをしてくれる店だと考えればよいのだ。

（それにしたって……）

久瑠美の目は〝トーマさん〟から離れない。その顔を見ているうちに、だんだん冷や汗が浮かんできた。

（どうして……こんなに似ているの）

——彼は、平賀専務にそっくりだ……

「とは、表向きの話でね」

亜弥美の言葉に小さく身体が震える。特に驚いたわけではないのだが、考え事をしていたところに、意味深な言葉が聞こえたせいだ。

「もしかしたら、〝特別なおもてなし〟があったんじゃないか……って」

「特別なおもてなし？」

「会員になって常連になると、執事の指名とか予約とかができるんだけど、トーマさんは一番人気で、ほとんど個室指名だったのよ。その個室っていうのも、オーナーが認めたＶＩＰしか入れないってやつだったし」

「個室っていっても、このお店はお昼の営業なんでしょう？　そりゃ、閉店は夜だろうけど」

「人間の性欲に、朝も昼も夜も関係ないでしょ」

「せいよっ……」

冗談半分だとわかっていても、言葉で聞くと生々しい。動揺した久瑠美を見て、相変わらずだなぁと言いたげな顔をした亜弥美だったが、少々神妙《しんみょう》な様子で話を続けた。

「裏でなにがあった、なんて知らないけどさ。でも、アットホームというか、人がみんなあったかいっていうか、すごく行きやすいお店だったんだよね。いい男を気取ってる、っていうより、人当たりのいい優しいイケメンばっかかでさ。そのせいかな、お客は結構高齢のご婦人も多かったよ。……あんなことがなければ、まだ続いていたかもしれない」

「あんなことって？　お店、今はないの？」

「ん～、オーナーは顎《あご》の白髭《しろひげ》が立派なおじいちゃんだったんだけどね、かなり高齢だったんだろうなぁ……急に亡くなったのよ。店もクラシックな感じで古かったし、まあ、またそれも雰囲気があってよかったんだけど」

「オーナーが亡くなって、店もなくなっちゃったってこと？」

「店を引き継ぐ人がいなかったんだろうねぇ。なんにしろもったいなかったわ～。またあんなお店発掘できないかなぁ。あのイケメンたちはどこへ行っちゃったんだろう。なんだかさ、この業界の貴重な人材を一気に失った気分よ」

当時を思いだしたのか、亜弥美は心底残念そうに大きく息を吐く。それからチラリと久瑠美に視線をよこした。

「それにしても、久瑠美、そんなにトーマさんが気に入ったの？　さっきからその写真ばっかり眺めてるじゃない」

「えっ……！　いや、そういうわけじゃ……」

眺めてはいた。ただ、気に入ったからではない。しかし亜弥美はなにを思ったか、腕を組んで満足そうにうなずく。

「わかる、わかる。いい男だよねぇ、トーマさん。ちょっと毒舌《どくぜつ》なのがまた萌えたなぁ。基本的にはすごく優しい人だったし。そうか、そうか、久瑠美もやっと男の魅力に目覚めたか」

「男に目覚め……ちょっと、ヘンな言いかたしないでよっ」

「高校のときから友だちづきあいしてきて、久瑠美が真剣に男の顔を見つめてるなんて初めてよ。やっと……やっとかぁ、って思うじゃない」

見つめていたというより、凝視《ぎょうし》していたというほうが正しい気がする。よく見ずにはいられない事態なのだから、仕方がないのだ。

しかし、やっと男の魅力に目覚めたか、なんて言いかたをされると、自分はどれだけ男性に縁のない生活を送ってきたと思われているのだろう……と情けなくなってくる。

……まあ、間違いではないのだが……

「よし、お祝いだ、お祝い。とっておきの生ハム出してこよーかな。あっ、それと」

亜弥美は横から手を伸ばし、写真を一枚ファイルから引き抜く。

「これ、あげるよ。あたしにとってトーマさんは昔の趣味だけど、それでも久瑠美と趣味が合うって、なんかすっごく嬉しいー」

「いっ、いらないよぉ、そんな」

「遠慮しないの。疲れてるときとか、いい癒《いや》しになるよー。ほらほら」

久瑠美は頭をぶんぶんと振って遠慮するが、亜弥美は笑顔で写真を久瑠美のカットソーの首元に差しこむ。そして「生ハム出してくるねー」とご機嫌で立ち上がった。

「いらないってば……」

キッチンに入っていく亜弥美を見ながら、久瑠美は困った声で呟《つぶや》く。

そこでふと、あることを考えついた。

首元に差しこまれた写真を取り出し、そこに写るトーマさんを睨《にら》むように見つめる。

――これは、使えるかもしれない。

それを思いついてしまったからには、写真を返すわけにはいかない。

久瑠美は写真を自分のバッグにしまいこみ、亜弥美の部屋でさらに一時間ほど過ごしてから、自分の部屋へ戻った。

室内に入るとすぐにドアの鍵をかける。照明を点《つ》け、のろのろと部屋の中を進んだ。

1LDKの部屋は間取りこそ亜弥美の部屋と変わらないものの、比較的小物が多く女性っぽさを思わせる彼女の部屋に比べ、久瑠美の部屋はとてもシンプルだ。

男性っぽいというわけではないが、簡潔にまとまりすぎている。いつだったか亜弥美に、「新社会人の一人暮らしを想定したショールームみたい」と言われたことがあった。

トーマさんの写真を片手に、その顔を眺めながら、久瑠美はカーテンを閉めようと窓辺に近づく。

ふと、角のコーナーラックに置かれた電話が留守電のランプを点滅させていることに気づいた。

再生してみると、伯母からの電話だ。新しい環境で働き始めた久瑠美を心配してかけてくれたのである。

『久瑠美ちゃんはしっかり者だから心配はないと思うけど、つらいことがあったらすぐに相談してね。約束よ』

その言葉と優しい口調に、思わず涙が浮かぶ。『疲れているだろうから、かけ直さなくていいわよ』と言い添えられていたが、すぐにでも電話をかけたい衝動に駆られた。

しかし、それは甘えだ。

そんなことをすれば、ハッキリと言わなくたって、なにかつらいことがあるのだと伯母は察するだろう。

しばらく電話を見つめるものの、久瑠美は意識的に目をそらしてカーテンを閉めた。

「ずるいかもしれないけど……」

カーテンを握った手に力をこめる。眉を寄せて写真を見つめ、こうするしかないんだと、心の中で自分を庇《かば》うのだった。

週明け、月曜日。

久瑠美は、いつもより二時間早く出社した。

拓磨が出社してくる前に、専務室で待ち構えていようと考えたからだ。

アパートを出たときから胸が騒いで喉《のど》の渇きを覚えた。もちろん拓磨に会いたくてドキドキしているわけではない。

……だが、これから自分がやろうとしていることを思うと、早く拓磨に会いたい気持ちもある。

三十五階建ての本社ビル。ひとけのないエントランスを歩くと、妙に足音が響き、その音が耳にうるさいくらいだ。

この道が永遠に続くのではないかと錯覚するくらい、エレベーターホールが遠く感じられる。初出社のときだって、こんなに緊張はしなかったというのに。

実は、これから拓磨にある取引を持ちかけようとしている。

取引内容は断然、久瑠美に有利なもの。

しかし……

「なんだ、早いな。目覚ましでも壊れたのか？」

久瑠美の志気は、専務室に入った瞬間、スーッと急降下する。いつもと変わらない眉《び》目秀麗《もくしゅうれい》な顔に迎えられたからだ。

パソコンのディスプレイから目を離すことなく、彼は言葉を続ける。

「残業代目当てか？　まあ、出してやらないこともないが、資料室に行くなら鍵は総務からもらってこいよ。今の時間なら担当の主任が出社しているだろう」

読むものがなかったら資料室へ行け、と前に言われたことを思いだす。それを実行するために早く出社したのだと彼は思っているらしい。

久瑠美は大きく深呼吸をする。

……違う。自分は、そんなことをするために会社に早く来たんじゃない……

もちろん資料を読むためでもない。仕事がしたくて来ているのだ。誰もが認めてくれる、秘書としての仕事を。

「専務は、いつからここにいらっしゃるのですか？」

心を落ち着かせながら、ゆっくりと言葉を吐き出し、拓磨のデスクの前に立つ。

「いったい、何時に出社して、何時に退社なさっているのですか？」

拓磨が顔を上げる。パソコンのキーボードに触れていた指も止まった。

なぜそんなことを聞く必要がある？　と言わんばかりの怪訝《けげん》そうな目だ。他は無表情であるゆえに、視線だけが強烈な威圧感を放っている。

「事務処理も雑用も、なにもかもご自分でやっているから、早朝から深夜までいらっしゃるんですよね？　それなら、わたしにお手伝いをさせてください。こんな仕事の仕方、無茶です。お身体を壊してしまいますよ」

「おまえには関係ない」

「あります。ボスの健康管理だって、秘書の仕事なんです」

秘書という言葉を出したからだろうか。拓磨はうるさそうに息を吐き、視線をディスプレイに移した。

「秘書はいらないと言ったはずだ。健康管理は昔から自分でやっている。それで失敗したことはない」

「……トーマさん」

久瑠美がポツリと呟《つぶや》いた名前に、拓磨の眉がピクリと動いたような気がした。彼は久瑠美のトーンに合わせるように静かな声を出す。

「……ずいぶんとフレンドリーに呼ばれたものだが……俺の名前は〝拓磨〟だ」

作戦を実行するタイミングがやってきたのを感じて、久瑠美の鼓動が大きく跳ね上がる。興奮で頭が熱くなるのに、手のひらは冷たい。

久瑠美は決死の覚悟で上着のポケットから写真を取り出し、両手で持って胸の前に掲《かか》げた。

「トーマさんのときから、自分のことはすべて自分でやっていたんですか⁉ お店一の人気者で、ずいぶんとお忙しかったようですけど！」

こちらを見た拓磨の目が大きく見開かれる。突然のことに、衝動を抑えることができなかったのだろう。重厚な椅子を倒す勢いで立ち上がり、身を乗り出して手を伸ばしてきた。

――取り上げられる。

そう感じた久瑠美は写真を背中に隠す。しかし彼の手は写真ではなく、久瑠美の顎《あご》を掴《つか》んで固定した。

「……おまえ……、客か……？」

「ち……違います……、友だちが、何回か行ったことがあって……」

声が震えた。目の前の彼は眼光炯々《がんこうけいけい》としていて、冷や汗をかくどころか血の気が引いていく。

「……写真撮影は禁止だったはずだ……」

小さな呟《つぶや》きから亜弥美の隠し撮りだとわかったものの、今だけはその萌えゆえの違反行為に感謝したい気持ちだ。

「確かに……一流企業の跡取りが執事サロンのチーフだったとか、……ナンバーワンだったとか、世間に知られたら面倒ですものね」

拓磨の眉間《みけん》にさらにしわが寄った。

もしかしたら殴られるのではないか、と思って膝《ひざ》の力が抜けそうになるが、久瑠美はグッと耐える。

すると拓磨は久瑠美から手を離し、腕を組んで彼女を見据《みす》えた。

「いくら欲しい？」

「は？」

「希望額の小切手を切ってやる。秘書の仕事がしたいなら、うちと同じレベルの会社に役員秘書として紹介状を出そう。その代わり、写真はこちらによこせ。この件は他言無用だ」

早々に交換条件を提示される。拓磨はよほどこのことを口外されたくないようだ。

先程は咄嗟《とっさ》に口にしてしまったが、確かに重大な秘密だ。跡取りである彼にそんな職歴があるとわかれば、スキャンダルになりかねない。

いかがわしい店ではなかったとはいえ、なにかとケチをつける輩《やから》も多そうだ。

なぜそんな場所で働いていたのか疑問にも思うが、今はそれを考えているときではない。ここまで来てしまったら、もうあとには引き返せないのだ。

「わたしに……、秘書としての仕事をさせてください」

「だから紹介状を出すと言っただろう。同じレベルの会社に……」

「違います。平賀専務の秘書として働きたいんです。認めてもらえる自信はあります。きっとご満足いただける秘書に……、専務の片腕になってみせますから」

かなり大それたことを言ってしまった気はする。拓磨からしてみれば呆れる話だろう。やってもいないうちから、なにを言うんだこいつは……と。

「なぜだ」

「え……？」

「同等の会社に役員秘書として入れるようにすると言っているのに、なぜこの会社に……俺の秘書でいることにこだわる」

「それは……」

お世話になった前の会社のみんなの期待に応えて頑張りたい……それが最初の気持ちだった。

別の会社で秘書をしても、みんなの期待に応えることはできるだろう。けれど、このまま違う会社へ移るのは、逃げ出すみたいで嫌だった。

とはいえ、それをそのまま伝えることもできず、久瑠美は別の言葉を口にした。

「み、みっともないじゃないですか。転職して早々、違う会社へ移るなんて。いくら紹介状を書いてもらったって、事情を知らない人には、なにかやらかしたから追い出されたんだと思われてしまいます」

「そんな理由か。くだらない」

「そんな、じゃありませんよ。個人の信用にかかわる問題です」

「……うちより規模の大きい会社に紹介すると言ってもか」

どこか探るような口調に、久瑠美の心拍数が跳ね上がる。

ドキドキしすぎて胸が痛い。弱みを握っているのは久瑠美のほうなのに、拓磨のこの余裕はいったいなんなのだろう。

強がって平気なふりをしている？　だとしても冷静すぎる。おかげで久瑠美のほうが追い詰められている気分だ。

「それでも、です」

「ふぅん……」

生返事をした拓磨は、腕を組んだまま顎《あご》を上げて久瑠美を見下す。

その眼差しに押しつぶされてしまいそうで、蛇に睨《にら》まれたカエルの気持ちというものがわかったような気がした。

「おまえ、もしかして俺の顔が好きなのか？」

とんでもない質問がきて、一気に体温が上昇する。目を大きく見開いた久瑠美は「はぁっ？」と素っ頓狂《すっとんきょう》な声をあげてしまった。

「初出勤のとき、やたらと俺の顔を眺めていたから、またこの手の女かとは思っていたが……。おまけにそんな昔の写真を後生《ごしょう》大事にとっておくなど……。だから、俺の秘書であることにこだわっているんだな」

「違いますっ！　自惚《うぬぼ》れないでください！　どうしてそこで〝顔〟なんですかっ！」

動揺のあまり思わず叫んでしまったが、なんとなく失礼なことを言っているような気もする。とはいえ、拓磨の顔が好みだから秘書でいさせろなんて、恥ずかしすぎて否定せずにはいられない。

「専務の顔なんて全然好みじゃありません！　ナンバーワンだかなんだか知りませんけ

ど、世の中の女は全員自分に気があるみたいに聞こえて、ちょっと痛々しいですよっ！」

今度は明らかに失礼なことを言っている。だが久瑠美としては文句を言いたかったわけではなく、恥ずかしさから勢いで出てしまった言葉の数々だった。

「ふぅん……、あくまで俺には興味がない、と？」

「ありませんっ！」

「本当に？」

「しつこいですよ。どうしてそんなに疑うんです？　それとも、興味を持ってほしいんですか？　絶対に持ちませんよっ」

「……もし、持ったら？」

「……は？」

少々ムキになっていた久瑠美は、一瞬理解できずに固まる。拓磨は真顔になって言葉を続けた。

「秘書の仕事をするようになれば、一日じゅう俺と一緒にいることになる。長い時間をともにする人間に情が湧くのは普通だが、それが男と女になると別の情が生まれる可能性も高い。おまえは、そうならない自信があるのか？」

「何度も言っていますが、興味のない人に情なんて湧きません。わたしが興味を持つべきなのは、男性としてのあなたではなく、ボスとしてのあなたです」

勢いに乗せてキッパリと言い切ったあと、鼓動が再び騒ぎ出す。無言のままの拓磨に鋭い視線を向けられ、ひるみそうになるものの、久瑠美は奥歯を噛みしめてその状況に耐えた。

「おまえがそこまで言うなら、秘書の仕事を任せてもいい」

「えっ！」

秘書の仕事を任せると聞こえたが、聞き間違いではないだろうか。あまりにも秘書の仕事にこだわりすぎて、幻聴が聞こえたのかもしれない。

「おまえの希望どおり、秘書の仕事はさせる。だが……」

幻聴ではなかった。にわかに気持ちが浮上し始め、久瑠美の顔に笑みが浮かぶ。それに対して、拓磨は相変わらず怖いくらいの真顔だった。

「俺は、仕事に私的な感情を持ちこまれるのは嫌いだ。秘書としてついて歩くようになったとたんに色気を出したりしないだろうな。……まあ、出したくても出せそうにない感じだが」

しつこい。……それに、女性に対してかなり失礼な発言ではないか。

微笑んだ口がへの字に曲がる寸前で、久瑠美はあることを思いだす。電話番をしているとき、よく目にする【センムノ　アレ】のことだ。

腹立ちまぎれに邪推《じゃすい》していたが、あれは本当に痴情《ちじょう》のもつれから発生した嫌がらせなのかもしれない。

たとえば昔秘書だった女性が、彼に振り向いてもらえなかった恨みで粘着《ねんちゃく》しているとか……

（ありえる……）

この異常なまでの秘書嫌い。そして、しつこいほど女性を疑う態度。

過去に望まない好意を寄せられて苦労したからこそ、こんなにも頑《かたく》なな態度をとるようになったのではないか。

久瑠美は表情を引き締め、拓磨をまっすぐに見る。

目の前にいるのは、自分のボスだ。ボスに信用してもらわなくては秘書は務まらない。

伯父の会社では最初から上手くやっていけたが、それは親戚同士の信頼関係があったからこそである。環境が変わった今、新しいボスの信頼を得ることから始めなければならない。

「ご安心ください。専務のお仕事の妨《さまた》げになるようなことはいたしません。万が一してしまったときは遠慮なくご叱責ください。目に余るようなら罰してくださっても構いません」

我ながら、よくぞここまで啖呵《たんか》を切ったものだ。一方、抜け目のない拓磨は、すぐに久瑠美の言葉に乗ってきた。

「罰というのは、俺のやりかたでいいのか？」

「もちろんです」

「では、もしおまえが俺に私的な感情を持って、それをちらつかせたら……」

淡々と話していた拓磨が、すべて言い終わらないうちに言葉を濁《にご》す。わざともったいつけているのがわかるだけに、次の言葉がなんなのか気になり、「持ってちらつかせたら……？」とこちらから尋ねてしまった。

「クビだ」

「ひっ⁉」

冷たい声で発せられた言葉に、思わず短い悲鳴をあげる。

「俺を脅すような真似までしたんだからな。もし私的な感情を俺の前でちらつかせたら、その時点でおまえはクビ……に、してやりたいくらいだが、副社長が連れてきたことを考えるとさすがにそれは難しい。そこで、二度と顔を合わせることもないような部署に左遷《させん》だ。それでも、やる自信はあるか？」

「あります！」

「写真も俺がもらう。望みどおり秘書の仕事ができるんだ、脅す材料はもう必要ないだろう」

「わかりました！　お渡しいたします！」

久瑠美は威勢よく答える。不快そうな顔でジッと見られたが、目をそらすわけにはいかない。

ここで視線を外したら、負けのような気がした。

「いいだろう」

拓磨はそう言うと、デスクの引き出しから手帳とスマホを取り出す。

「この手帳には、俺のスケジュールが記入してある。スマホは仕事用に使っているものだ」

「仕事用、ですか……。それでは、大切なお電話はすべてこちらに……」

「取引先はもちろん、他の重役からの連絡もこちらにくる。なくすなよ」

「はい、もちろんです」

久瑠美は手帳とスマホを丁重《ていちょう》に受け取り、そのままジッと見つめる。やっと秘書として仕事をさせてもらえると思うと、達成感のような充実した気持ちが湧き上がった。

ふと思い立ち、いつも自分が電話番をしている席を手で示す。

「専務、あちらは……」

「継続して使って構わない。秘書課のデスクにノートパソコンがあっただろう。それを持ってくればいい。デスクトップ型がいいならシステム課に行って……」

「いいえ、席ではなく電話のことです。この二週間、わたしが応対していましたが、今後はどのようにすれば……」

「消音にした上で、留守電にしておけばいい。週に一度、着信履歴をチェックする程度で充分だ。どうせろくな電話はこない」

「あはは……」

そのろくでもない電話を二週間ずっととり続けてきた久瑠美としては、複雑な気持ちになる。

乾いた笑いを漏らしていると、拓磨が大きく息を吐きながら椅子に腰を下ろした。

「では早速、秘書としての仕事をしてもらうか」

「は、はい！」

意識をしなくても背筋がシャンッと伸びる。人に必要とされるのは、なんていい気分なんだろう。

「コーヒーを淹《い》れてくれ。ブラックでいい」

「かしこまりました。すぐにご用意いたします」

先程まで膝《ひざ》が震えて倒れそうになっていたのが嘘のようだ。今はしっかりと両足が地面についている実感がある。

久瑠美は手帳とスマホをデスクに置き、専務室を出た。

今日から本格的に秘書の仕事を始めることができる。期待に胸を膨らませ、うきうきしながら給湯室へ急いだ。

＊＊＊＊

――胡散《うさん》くさい……


久瑠美が出ていったドアを睨《にら》みつけ、平賀拓磨はフンっと鼻を鳴らした。

拓磨は大企業の跡取りとして生まれ、三十一歳の若さで専務の地位についている。自慢ではないが、容姿にも恵まれていると言えた。

その地位や容姿に惹《ひ》かれて寄ってくる女性は少なくない。

過去に何人もの秘書がついたが、玉の輿《こし》狙いの女性が多く、稀《まれ》に男性がついたと思えば年頃の親族を紹介される始末だ。

そのようなことが多すぎて、今では女という生き物自体に不信感を抱いていた。

拓磨は今の仕事に情熱を持って取り組んでいる。社長令息だからではなく、一人の人間としてきちんと結果を出した上で、父の跡を継ぎたいと思っていた。

その秘書となるからには、それなりの覚悟と熱意を持って仕事をしてほしい。だが、そのような人間は過去に一人もいなかったのだ。

そして先日、新たにやってきた笹山久瑠美という女性秘書。どうせまた玉の輿《こし》狙いだろうと思い、初日から冷たく突き放したのだが、彼女はひるむどころかこちらを睨《にら》みつけてきた。

その態度を面白いと感じつつ、これまでと同様、電話番の仕事をさせることにした。無意味な電話を取らせていれば、以前の秘書たちと同じように、一日やそこらで出ていくだろう。

しかし久瑠美は二週間も電話を取り続けた。そしてあまつさえ、あの写真を武器に脅《おど》すような真似までしてきたのだ。

あの写真に写っているのは、拓磨本人で間違いない。昔、わけあって執事の真似事をしていたのだ。だが、仕事の関係者には隠してきたその過去を、なぜ久瑠美が知っているのだろう……

「あいつ……、なにをたくらんでいるんだ」

どう考えてもおかしい。なぜあそこまで自分の秘書であることにこだわるのか。

一流企業の専務秘書、というキャリアが欲しいだけなのかと思った。だから拓磨は、平賀コーポレーションと同格か、それよりも規模の大きい会社へ紹介状を出すと言ったのだ。

キャリア目当てなら、その話に飛びつくだろう。

しかし久瑠美は応じなかった。あくまでも拓磨の秘書として働きたいと言ったのだ。

あまりにも強情なので、やはり玉の輿狙《こし》いかとも疑った。しかし久瑠美は、必死にそれを否定した。

それならなんだと気になりもするが、今はそんな余計なことを考えているときではない。目的のわからない怪しい女を、いつまでもそばに置いておくわけにはいかないのだ。

笹山久瑠美を自分の前から消すには、上司としてではなく男として意識させればいい。

そうすれば、罰という形で彼女を自分から遠ざけることができる。

意識させることができる方法を、拓磨は知っていた。ほぼ間違いなく成功するだろう。

「それにしても……」

呟《つぶや》く声が途中で溜息に変わる。

まさか今になって、こんなことをする羽目になるとは。

頭が痛い。面倒な事態になったと、拓磨は大きな溜息をつく。

「とにかく……惚れさせればいいわけだ……」

低いトーンの呟《つぶや》きは、ノックの音にかき消された。

「専務、コーヒーをお持ちいたしました」

はつらつとした声とともにドアが開く。拓磨は自分が苦々しい顔をしていることに気づいて、意識的に無表情を装《よそお》った。

＊＊＊＊

定時を一時間ほど過ぎての退社となったが、久瑠美の気持ちは晴れやかだ。

どこか暗く感じていた駅のホームも、以前利用していた駅のように明るく見える。

――しかし、気持ちこそ晴れやかなものの、身体は違っていた。

「専務……体力ありすぎでしょう……」

大きく息を吐きながら、ホームのベンチにドスンッと腰を下ろす。反対側の端っこに座っていた中年のサラリーマンが、ビクッと驚いたように久瑠美を見た。

驚かせたことを一言謝るべきだとは思うが、今の久瑠美にはその元気すらない。

すべては、あのバイタリティに満ちあふれすぎた専務のせいだ。

今日一日で、久瑠美は彼のタフさをイヤというほど思い知らされた。

今までスケジュールを自分で管理していたこともあり、一日の予定がしっかりと頭に入っている。気を抜くと、久瑠美のほうが置いていかれそうだった。

そんな彼が秘書を連れて歩いているのは、よほど珍しい光景だったのだろう。行く先々で、ひどく驚いた顔をされた。

拓磨自《みずか》らが「秘書の笹山です」と紹介してくれたのは嬉しかったが、「次にお会いするときも一緒だったら褒めてやってください」というジョークはいただけない。「いつまで続くかわかりませんよ」と遠回しに言っているように聞こえる。

……いや、あれは間違いなくそう言っていたのだ。

「くっそ～、負けるもんかぁ」

絶対に秘書として認めさせてやる。そんな決意をこめ、久瑠美は胸の前で握りこぶしを作る。

視界の端で、こわごわと様子を窺《うかが》っていたサラリーマンが「頑張れ」と言うように一緒に握りこぶしを作ってくれる。久瑠美は照れ笑いで会釈《えしゃく》をしてから、タイミングよくホームに入ってきた電車へ乗りこんだ。

いつまで続くかわからないなんて、遠回しに馬鹿にさせておくものか。気持ちだけはそう張り切っているものの、全身に感じる疲れは無視できない。

翌日の火曜日。昨日に引き続き、今日もハードな一日を過ごし、もはや食欲さえも湧かない状態だ。このままお風呂に入って寝てしまおうかと投げやりに思う。

ハアッと息を吐きながら自宅のドアを開け……たところで、なにかがおかしいことに気づいた。

部屋の電気が点《つ》いている。

（え……、なに……？）

おかしいと頭でわかっていながらも、いつもどおりに入って鍵までかけてしまう。が、次の瞬間、背後のドアにびたっと張りついた。

――部屋の中に、人がいる……！

「お帰りなさいませ」

それも、自分の目の前に。ありえないスタイルで。

黒いスーツ、いや、普通のスーツではない。背中側の裾《すそ》が長いタイプの……これは、つい最近どこかで見た服装だ……

「久瑠美様がお帰りになるのを、今か今かとお待ちしておりました。待ちきれず、外までお迎えに行こうかと考えたほどです」

目の前に跪《ひざまず》く燕尾服《えんびふく》の男性が、スッと顔を上げる。

久瑠美はビクッと身体を震わせた。

綺麗な顔だ。間違いなく男性なのに、〝綺麗〟という言葉がしっくりくる。

切れ長の双眸《そうぼう》は意思の強さと誠実さを感じさせ、微笑む唇は特別な人にだけ見せるものだと言わんばかりの穏やかさ。下ろされた前髪は邪魔にならないようにサイドに流されていて……

「やっと久瑠美様のかわいらしいお顔を拝見できて、嬉しさに胸が震えております」

「じょ……じょうだんはやめてくださいっ、せっ……専務っ!!」

そう――この美丈夫《びじょうふ》は、まぎれもなく拓磨だ。

「なん、なんなん、なんなんですかっ！　いきなりこんなっ！　だいたい、どうやって入って……！」

動揺のあまり、叫びながら指をさす。人様に指を向けるなんて、あまつさえ上司にそれをしてしまうなんて、普段の久瑠美ならば考えられない行為だ。

しかし、そんなことにも気が回らないレベルで、久瑠美は混乱していた。

なぜ拓磨がここにいる。そもそも、この恰好はなんだ。それより、どうやってこの部屋に入ったのだ。

「久瑠美様」

スッと立ち上がった拓磨が久瑠美の右手を取る。そして、こともあろうに指先にくちづけたのである。

「お疲れのご様子ですね。ご入浴を先になさいますか？　ごゆっくり半身浴でも……と、お勧めしたいところではありますが、そのまま眠ってしまわれる心配がありますね。そうするとディナーも召し上がれなくなってしまう」

半身浴をしなくても、今すぐ気が遠くなってしまいそうだ。

あまりの状況に脱力しかけた久瑠美の前で、拓磨はにこりと微笑んだ。――実に秀麗、としか言えないような顔で……

「ああ、そうだ。私が髪を洗って差し上げましょう。ヘッドマッサージには自信があります」

「けっこうですっ！　悪ふざけはやめっ……」

動揺のあまり、久瑠美は手を振りほどこうとする。しかし逆にグッと握られ、拓磨のほうへ引き寄せられた。

「失礼いたします」

「ひゃっ⁉」

咄嗟《とっさ》におかしな声が出る。久瑠美はそのままひょいっと抱き上げられてしまった。――いわゆる、お姫様抱っこという体勢だ。

自分がなにをされているのか、考えることを頭が拒否している。身体も石のように固まり、身動きができない。

拓磨は室内を優雅に進み、窓際のソファに久瑠美を下ろすと、スッと綺麗なお辞儀《じぎ》をする。

「申し訳ございません。私がお運びしなければ、ずっと玄関に立ったままでいらっしゃるような気がいたしましたので」

確かにそうかもしれない。というより、拓磨がいるこの空間に入ってはいけないような気がして、身体が動かせなかったのだ。

言葉が出なくなってしまった久瑠美は、周囲をきょろきょろと見回す。ここは本当に自分の部屋かと疑ってしまう。

シンプルな色調と小ざっぱりした家財道具を見るに、自分の部屋であることは間違いない。

それでも……

久瑠美の部屋とは思えない別空間が存在していた。

キッチンとリビングのあいだに、一人用とおぼしきテーブルとイスが置かれているが、これはこの部屋に元からあったものではない。

白いレースのテーブルクロス。その上には花が飾られ、料理が並べられていた。

なんともいえない美味《おい》しそうな香りが部屋中に満ちている。一気に空腹感が襲ってくる香りだが、久瑠美はそれどころではない。

「せ、専務……あの料理は……」

冷たい汗が流れてくるのを感じながら、やっと声を出す久瑠美。それとは対照的に、拓磨は実に優雅な微笑みを湛《たた》えていた。

「本日のディナーでございます」

まるでその質問が嬉しいと言わんばかりだ。彼は片手を胸にあて、感慨深げに息を吐きながら、小さく首を横に振る。

「私が用意したディナーを久瑠美様に召し上がっていただけるのだと思うと、私は……感激で胸がはち切れそうです」

（なにを言っているんですか、大袈裟《おおげさ》にもほどがありますよ‼　いい加減悪ふざけはやめてください！　どうしてここにいるんですか！　いったいこれは、なんの嫌がらせなんですかぁっ‼）

久瑠美は声を大にして叫びたい。しかし肝心の声が出てこないので心で叫ぶしかなかった。わけがわからなくて聞きたいことはたくさんあるのに、それさえも動揺した頭では上手くまとめられない。

あの料理を用意したのは誰なのだろう。作ったのは誰なのだろう。このこぢんまりとした部屋にあるはずのない、おしゃれ感あふれるテーブルセットを前にして、久瑠美の息は止まってしまいそうだった。

頭をぐるぐるめぐらせていると、拓磨が再び久瑠美の前に跪《ひざまず》く。

「ひゃっ！」

再びおかしな声が出てしまう。目の前で跪《ひざまず》かれることなんて、人生にそうそうない。

「全身全霊で、久瑠美様のお世話をさせていただきます。どうぞ私にお任せください」

「お……お世話……？」

「久瑠美様のお気持ちが安らぎ、癒《いや》される時間をご提供させていただきます。これから、どうぞよろしくお願いいたします」

「……癒《いや》される……時間……？」

久瑠美の頭の中が真っ白になりかかる。安らぐ、とはなんだ。癒《いや》される時間、とは。なぜ彼が、そんなことをしようとしてくれるのだろう……。

「久瑠美様」

彼女がソファの上で握りしめていた手を柔らかく両手で包み、拓磨は慈愛に満ちた眼差しで久瑠美を見つめた。

「お仕事で疲弊《ひへい》されている久瑠美様を、少しでも私が癒《いや》して差し上げたいのです。その役目を、私にお与えください。貴女が癒《いや》されて心穏やかになる姿が見たい」

彼の手に包まれていた手が、その頬にあてられる。温かな肌の感触に久瑠美はビクッと震えた。

(待って！　ほんとに待って！　おかしいでしょう⁉　こんなの、絶対おかしいって！　あの専務が、わたしにこんなことするはずがない！)

目の前で起きていることが信じられなくて、これは拓磨ではないのではないかとまで思い始める。念のため確認しようと、久瑠美は口を開いた。

「あの……お聞きしますが……」

「なんなりと」

「……あなた、……専務ですよね……」

「違います」

否定され、久瑠美はハッと目を見開く。やっぱりこれはなにかの間違いだ……そう思いかけるが、久瑠美の手を頬から離した彼は優雅に微笑んだ。

「私は久瑠美様を癒《いや》すためにお世話をさせていただく執事です。トーマとお呼びください。……いえ、それは過去の名。久瑠美様には『拓磨』とお呼びいただきたい」

「無理ですっ!!」

ついに辛抱切れたという勢いで大きな声が出てしまう。その声が震えているのを感じつつ、久瑠美は思うままに言葉を出した。

「無理に決まってるでしょう！ こんな……、なんのつもりなんですかっ！ 専務はわたしをどうしたいんですかっ！」

興奮状態でソファから腰を浮かせると、唇の前に人差し指を立てられた。同じように彼自身の唇の前にも人差し指が立てられる。

「大きな声を出してはいけません。はしたないですよ」

凛《りん》とした綺麗な顔が、ちょっと困ったようにはにかむ。

それを目の当《ま》たりにした瞬間、不覚にも頬の温度が上がり、久瑠美は力が抜けたようにソファへ腰を下ろした。

（無理……、こんなの、絶対に無理……）

久瑠美の心が危険信号を点《とも》す。平常心が保てない。なぜかはわからないが、彼の顔を見ることもできなくなってしまった。

「何度でも伝えさせていただきますが、私は久瑠美様を癒《いや》したいのです。どうぞおくつろぎください。私に心も身体も委《ゆだ》ねてくださってよろしいのですよ？」

（で　き　る　わ　け　が　な　い　で　し　ょ　う　っ　！）

心ではまだ叫べるものの、なんだか口に出す気力がなくなってきた。

「さあ、ディナーにいたしましょう。本日は良質の仔羊が手に入りましたので、ローストしたものを柑橘《かんきつ》系のソースでさっぱりと仕上げております。疲れたお身体に、仔羊はとても良いものですよ」

拓磨に手を取られ、操られるようにゆっくりと立ち上がる。穏やかな微笑みを浮かべたその顔から、久瑠美は目が離せない。

「専務……」

「拓磨、と、呼んではくださらないのですか？」

（——無　理　で　す　っ　て　ば　！）

久瑠美は心の中でハッキリと否定する。

おまけに〝拓磨〟という名前を聞いた瞬間、とても重要なことを思いだしてしまった。少しでも彼に興味を持ったら、久瑠美には罰が与えられる。部署の異動――本当にそれで済むのかは怪しいところだ。自主的な退職を迫られる可能性だってある。

……とんでもないことになってしまったかもしれない。

久瑠美は、取られた手に汗がにじむのを感じていた……

第二章

「どうした？　寝坊か？　寝不足か？　悪夢でも見たのか？」

――あなたがそれを言いますか……

と、思いっきりツッコミを入れてやりたくなる。

予期せぬ執事が現れた翌日。久瑠美はいつもと同じ時刻に出社した。

遅刻ではないのだから気まずい思いをする必要はない。だが、一昨日《おととい》は話をするために二時間も前に出社し、昨日も張り切って同じ時刻に出社したのだ。秘書の仕事ができるようになってノリにノっているはずなのだから、今日はさらに早い出社でもおかしくはない。

それが先週までと変わらない時間にやってきた上、急いで来ましたと言わんばかりの焦った顔をしていたので、こんな嫌味を言われたのだと思う。

「悪夢というか……、いっそ夢であったらいいのにと思うようなことはありましたよね……」

「そうか、夢みたいだと思うくらいいいことがあったのか。よかったな」

なんという無理やりな解釈。……というより、これは絶対にわざと言っている。おまけに今朝の拓磨の雰囲気は、まったくもっていつもと同じで、昨夜の面影など微塵《みじん》もない。

じゃあ、あれはなんだったというのだろう。

久瑠美は拓磨のデスクの前に立つと、背を正して彼を見据《みす》えた。

「専務。お願いがございます」

「なんだ？」

「昨夜のようなことは、二度としないでください」

「昨夜？」

「不法侵入の挙句《あげく》に、執事ごっこだなんて。あんなことをされたら心臓がいくつあっても足りません」

「あんなこと、とは?」

立て続けに質問をしてくるその顔も、いつもどおり涼しげだ。昨夜見たあの柔らかい表情が嘘だったかのようである。

昨夜の彼は、終始穏やかで誠実な、まさに非の打ちどころのない執事だった。

彼が自《みずか》らセレクトしたという食事を提供し、久瑠美が入浴しているあいだに片づけを終えていた。さらにベッドメイキングまで完璧にこなし、入浴後の飲み物を用意したのち、久瑠美がベッドに入るのを見届けてからアパートを出ていったのである。

その前に湯上がりのマッサージを勧めてきたが、さすがにそれは遠慮した。というより、必死に辞退したのである。

食事からベッドの用意まで、すべてやってもらった……ということ以上に、それを拓磨にやらせてしまったという事実に耐えられない。口に出すのも気が引けて、言葉を濁《にご》してしまう。

「……い、いろいろと、です……。わたしが言わなくても、重々ご存知かと……」

「あれこれとお世話されて、身も心も満足したことか?」

「み、身も心も、とかっ、……おかしな言いかたしないでくださいっ」

人に聞かれたら、妙な誤解をされかねない。

慌てる久瑠美を見て、ちょっとニヤリとした拓磨だったが、すぐに真顔に戻った。

「おかしな意味にとっているのはおまえのほうではないかな。ディナーで空腹は満たされたはずだし、入浴で気持ちよくなって、そのまま眠りにつけただろう？　身も心も満足した、で間違いはない」

「それは……そうですが」

もう少し言いかたを工夫してほしい。しかしそんなことを言えば、「自意識過剰だ」と笑われてしまいそうだ。

……もしかしたら拓磨は、それを狙っているのではないだろうか。

先日「俺の顔が好きなのか」という問いに対し、「自惚《うぬぼ》れないでください」と言ってしまったことへの仕返しに……。

久瑠美が言葉を探しあぐねていると、拓磨はそのまま話を続けた。

「他意はない。ただ、君が安らぎ癒《いや》される時間を俺が提供したいだけだ。俺は自分で言ったことは必ず実行する。女性を癒《いや》すのは得意だしな。一緒にいるだけで癒《いや》されると、昔よく言われたものだ」

（……専務の下に配属されて以来、気が休まらず緊張の連続ですが……）

そう言い返したい気持ちを、久瑠美はグッと抑える。

拓磨がなにかを言うたび、その一言一言に反論したくなるのだが、アッサリ言い返される未来しか見えない。それも久瑠美が二の句も継げないくらい、徹底的に論破されるような気がする。

「だからといって……、なにもあの恰好じゃなくても……」

せめてもの抵抗を口にするが、拓磨はとても爽《さわ》やかに微笑んだ。

「気分が出るだろう？　あの恰好のときは、なんでも命令していいんだぞ」

（で　き　る　わ　け　が　な　い　で　しょ　う　っ　!!）

口を開きかけるが結局なにも言えず、久瑠美は心で叫ぶ。そしてひとつ、とんでもないことに気づいた。

「あの、もしかして、これからも来るつもり……なんですか？」

「行くが？」

なぜそんな当たり前のことを聞く、と、拓磨は表情で語る。

なぜそんなことを平然と言うんですか、と、久瑠美は驚愕《きょうがく》した。

「おまえはこの先も、仕事で疲れる日々を送るだろう。精神的に疲弊《ひへい》することもあるはずだ。そんな心や身体を、癒《いや》してほしいとは思わないのか？」

「そんなわけな……」

と言いかけて、久瑠美はハッと気づく。「癒《いや》しなんかいらない」と言い切ってしまえば、この専務のことだ。今以上にハードなスケジュールを組み、こちらを疲弊《ひへい》させるに違いない。

仕事が忙しくなるのはイヤじゃない。かえって燃える。しかしそれが故意に仕組まれたものとなると、ただの嫌がらせとしか思えない。

……だからといって「癒《いや》してほしい」と口にするわけにもいかない。執事に扮《ふん》した拓磨が、あのなんともいえない微笑みを湛《たた》えて再びやってくるのは嫌だ。

あんな調子でお世話しに来られては、アパートに帰っても気が休まるはずがない。

「あの、専……」

「心配するな」

言葉が重なり、久瑠美は口を閉じる。どんな状況であろうと、上司の話を優先しなければならない。

「癒《いや》すのは得意だと言っただろう。俺に任せておけ」

「任せろと言われましても……。専務にもご迷惑が……」

「まったく迷惑じゃない」

にっこり笑って清々《すがすが》しいほどの否定っぷり。――彼に引く意思は、ない。

「毎日癒《いや》しに行ってやりたいところだが、仕事の関係でそうはいかないだろう。日々しごいてやるから、たっぷり疲れを溜めておけ。次に癒《いや》しに行ってやったとき、抱きつきたくなるくらい感動するぞ」

「し、しませんっ。するわけがないじゃないですか、なに言ってるんですか！」

仕事に関して不吉な言葉を聞いた気がするが、それよりも「抱きつきたくなるくらい」に過剰なほど反応してしまった。その勢いで、久瑠美はもっとも言っておかなくてはならないことを口にする。

「そもそも癒《いや》してくれなんて頼んでませんよ！　……昔取った杵柄《きねづか》だかなんだか知りませんけど、そんなにカッコつけたいならそういうお店でやってください！」

「馬鹿者」

ビシッとした厳しい声が飛んでくる。さほど大きな声ではないのに、背筋がピンッと伸びてしまうほどの迫力だ。

「癒《いや》す相手くらい自分で決める。俺はおまえを癒《いや》してやりたい、それだけだ」

ドキンと大きく鼓動が鳴る。それでも、拓磨への反発は増すばかりだ。

（自分がなにを言っているのかわかってるの？　この人……！）

しごいてやるから、たっぷり疲れを溜めておけ……なんて意地悪なことを言う人が、その口で癒《いや》してやりたいなんて言うはずがない。

「そうだ、食べられないものがあったら教えてくれ。おまえの気に入らないことはしたくないし、特に食事は、気持ちよく食べてほしいからな」

そう言って、彼ははにかむように微笑んだ。

「おまえ、なかなかいい顔で食事をする。どうせなら、ずっとあんな顔をさせておきたいだろう？」

カッと、一瞬にして頬が熱くなった。不意打ちの笑顔に、呼吸までもが止まる。

（なにこれ……！）

不可解な自分の反応に戸惑う。そんな中、咄嗟《とっさ》に頭に浮かんだのは、拓磨に見惚《みと》れてはいけないという自分からの警告だった。

（見惚《みと》れてなんかいないから━！）

内心で自分に文句を言い、顔の筋肉を無理やり動かして、どうにか言葉を吐き出す。

「と……特に好き嫌いはありませんっ！」

（違う！　こんなこと言いたいんじゃなくてっ！）

自分をコントロールできない。頭で考えること、言いたいこと、口から出ること、すべてがちぐはぐだ。

ひどく動揺しているのがわかる。このまま拓磨のペースにのせられていては、もっとひどいことになりそうだ。

「専務っ、わたし、コーヒーを淹《い》れてまいりますので！」

ここにいてはいけない。

これ以上、拓磨の顔を見ていてはいけない。

久瑠美の心が危険信号を点《とも》す。

彼に勢いよく背を向け、専務室を飛び出した。そのまま足早に給湯室へ向かい、誰もいないことを確認してから、休憩用のテーブルに両手をついて項垂《うなだ》れる。

「なんなの……」

この呟《つぶや》きが拓磨に向けたものなのか、自分に向けたものなのか、久瑠美自身にも判断がつかない。

まるで昨夜の執事ごっこの延長のような微笑み。あの顔はなんだ。あんな、はにかむような笑顔は反則だ。

心で文句を言いつつも、そんな拓磨を目の当《ま》たりにして、心臓がドキドキしている自分がいる。

まだ頬が火照《ほて》っているのを感じた。壁にかかった湿度計付きの鏡に近づくと、メイクをした状態でも頬が赤くなっているのがわかる。

そんな自分を見るのがイヤで、久瑠美は素早くそこから離れた。

イヤというより、悔しい。どうして拓磨なんかを見て赤くならなくてはいけないのか。

「あれ、わざとやってるんじゃないでしょうね……」

自分の反応を認めたくなくて、久瑠美はそれを拓磨のせいにしようとする。そして、ふと思いだした。

彼に興味を持ったら、罰として秘書を解任されるということを。

――もしかして拓磨は、自分を意識させようとして、わざとあんな態度をとっている
のでは……？

「そういうことか……」

やっと出た結論に納得して、久瑠美は両手で頬をパンパンと叩く。

「負けるもんかぁ！」

「あらぁー、張り切ってるわね」

思わず声を大にして叫ぶと、背後から声をかけられた。驚きながら振り向けば、腕を組んでニコニコする先輩……百合の姿があった。

彼女は久瑠美を見かけるたびに声をかけてくれる。見かけはとっつきにくそうな美人顔だが、実際は世話好きな人なのだろう。

「どうしたの？　専務に口をきいてもらえないとか？」

「……そのほうが楽かもです……」

言えるわけがない……。

逆にこれ以上構ってほしくなくて困っているだなんて……。

＊＊＊＊

（なんなんだ）

久瑠美が専務室を出ていったあと、拓磨は腕を組んで口をへの字に曲げた。

（なんだっていうんだ。あの反応は）

困って真っ赤になった久瑠美の顔を思いだす。確かに少々からかうつもりで微笑みかけはしたが、まさかあそこまで反応するとは。

（十代の小娘じゃあるまいし。……いや、今どき女子高生だってあんな反応はしないぞ。あれではまるで……）

ふと思いついた考えに、拓磨は曲げていた口を半開きにしてしまう。

「もしかして、あいつ……」

少し微笑みかけただけで、頬を真っ赤に染めた久瑠美。彼女が二十五歳なのを考えれば、あの反応はありえない。その前に「身も心も」なんて言いかたをしただけで、あの慌てようだったのだ。

（あいつ、男が苦手なのか？）

しかし、前職は男性が多い職場だったと聞いている。そんなところで働いていたのだから、苦手ということはないだろう。だとすれば……

（恋愛経験がない……？）

早い話が、処女だということではないか。

「……ふぅん」

無意識に口角がにやりと上がる。改めて、我ながら上手い条件を出したものだと感じた。

考えてみれば、顔が好みなのかと尋ねた際、彼女は異様に動揺していた。あのときから、なんとなくおかしいとは思っていたのだ。

彼女はムキになりすぎていた。おまけに微笑みかけられたり、思わせぶりな言いかたをされたりしたくらいで、いくらなんでもうろたえすぎだ。

「よしよし」

拓磨は笑顔でうなずく。

これなら、自分に興味を持たせるのは意外と簡単かもしれないと……

＊＊＊＊

――秘書として仕事ができるようになって一週間。

先週末は秘書課の課員たちが歓迎会をセッティングしてくれて、居酒屋で大いに盛り上がった。久々に楽しいお酒を飲んだ気がする。

忙しいながらも毎日が充実していて、実にやりがいを感じているのだが……拓磨と行動をともにしてみて、改めて実感したことがある。

（この人、絶対おかしい！）

デスクに積み上がった資料と格闘しつつ、久瑠美は一心不乱にパソコンのキーボードを叩く。

余計なことを考えている暇も余裕もない状態だが、どうしても拓磨に対してそう思ってしまう。

今日は定時の約一時間前に帰社し、デスクワークに取りかかった。いつものことながら事務処理の仕事がとんでもなく多い。今日の分の仕事はもちろんだが、拓磨が関わっている案件は他にもたくさんある。そういった他の案件の進捗《しんちょく》確認、経過報告、スケジュール管理、その他問い合わせや相談なども、すべて片づけていかなくてはならない。

同じような仕事は前の会社でもやっていた。これに雑用も加わっていたのだから、もっと細々《こまごま》といろんなことをこなしていたのだ。

だが、会社の規模が違えば仕事の規模も違う。もちろん、その量も半端ではない。

これらを、拓磨はすべて一人でやっていたというのか……

（絶対分身できるんだ！　あの人！）

久瑠美は心の中で叫ぶ。

入社当初、このデスクに座って電話をとりながら資料を読んでばかりいたのが嘘のようだ。あの日々は幻だったのではないかとさえ思えてくる。

今日も残業は確定だろう。

それでも、やりたい仕事をやっているのだから、そこに不満はない。

久瑠美は一心にキーボードを叩き続ける。だが、目の前に人が立った気配がして、ふと顔を上げた。

腕組みをした拓磨が、黙って久瑠美を見ている。正確には、彼女の手元を見ている。

なにか用だろうかと思い、声をかけようとすると、先に拓磨が口を開いた。

「あと二時間……くらいか」

「はぃ？」

「おまえの今のスピードだと、あと二時間くらいだな」

「あ、はい……そうですね。そのくらいかと」

事務処理にかかる時間を言っているのだろう。久瑠美もそのくらいかと見当はつけていたので、素直にうなずく。

「一時間で終わらせろ」

「は？」

「こんなもの、あと一時間で充分だろう。今日はそんなに多くないほうだぞ。この程度で二時間もかかっていたら俺の秘書は務まらない」

「は、はい、ご期待にそえるようにいたしますっ」

無茶ぶりだ……とは思えど、それを言ってはいけない。ボスが終わらせろと言った以上、終わらせるのが秘書の役目だ。

考えてみれば、今まで一人ですべてをやっていた拓磨なら、このくらいの事務処理に一時間もかからないのかもしれない。

秘書の久瑠美が、その倍もかかっているようではいけない。そう思うからこそ言ってくれているのだろう。ならば、もっと効率よく進めなくては……

「二時間もかかっていたら、せっかくのディナーが冷めて不味《まず》くなってしまう。保温しておくにも限度があるからな」

予想外の言葉を聞いて、久瑠美は目を丸くした。

その驚きに気づいているのかいないのか……いや、気づいていないふりをして面白がっているのか、拓磨は顔をそむけて歩きだす。

「さっさと終わらせて帰ってこいよ。じゃあ、俺は先に出る」

「か、かっ……帰ってこいよ、って、専務！　待ってください！」

咄嗟《とっさ》に立ち上がった久瑠美が声をかけると、拓磨の背中がドアの前で止まった。

「なんだ？　帰ってはいけないのか？　俺がやるべきことは終わっているのだが」

「そのことではなくてですね……、か、帰ってこいよ……って」

聞き間違い、または言い間違いであってほしいと願う。

今の言いかたでは、待っているから早く帰ってこいよ、と言われているように感じる。

「あの……、もしかして、今日は……」

まさか執事な専務が登場するのだろうか。だとしたら、彼が現れるのは約一週間ぶりになる。

ただでさえ忙しい人だ。最初に言っていたとおり、仕事の合間を見ながらでなくては久瑠美のところへ来られない。

そして今日、彼は早々に仕事を終えた……。

胸騒ぎでいっぱいになった久瑠美は、焦る気持ちのままデスクを離れる。拓磨のそばへ行こうとしたのだが、その手前で彼がクルリと振り返った——

「ええ。お帰りをお待ちしております、久瑠美様」

——それも、執事モードの穏やかな微笑みを浮かべて。

久瑠美の足が止まり、身体が固まる。彼の微笑みを前に、声さえも封じられてしまった。

（なんなのっ……！）

拓磨に対してもそうだが、自分の反応にも戸惑う。くすりと笑んだ拓磨が部屋を出ていくと、久瑠美の身体がぐらりと揺らいだ。

デスクに両手をつき、かろうじて崩れ落ちるのを防ぐ。片手を胸にあて、大きく息を吐くと、鼓動が不可解なほど大きく鳴っているのがわかった。

「落ち着け……わたし……」

騒ぐ胸をポンポンと叩き、久瑠美は深呼吸をする。

予期せぬ事態に弱いのは昔からだ。仕事のように準備しておけることに関してはそうでもないのに、予想外の事態が自分の身に降りかかってくると、動揺して思考が止まってしまう。

深く息を吸いながら背筋を伸ばし、勢いよく吐き出す。鼓動の勢いが収まってくると、脳も冷静に働き始めた。

――やはり専務は、あの仕草や表情を、意識的にやっている。

久瑠美に自分を男性として意識させるためだ。

そうはなるものか、もしそんなことになったら、専務の秘書を辞めさせられてしまう。

向こうがその気なら、こっちだってそれなりの心構えをしておかなくてはならない。

とは思うものの、どうすればいいのかわからなかった。

＊＊＊＊

地下駐車場へ続くエレベーターの前で、拓磨は笑いを噛み殺す。

（簡単すぎる）

脳裏に浮かぶのは、身体を硬直させた久瑠美の姿。あの反応は、予想以上のものだった。

彼女がぼろを出すのもすぐだ。さっさと追い出してしまおう。そうすれば、また以前のように一人で仕事ができる。

もう勝負はついていると感じ、心が先走りそうになる。しかし、ここで手を抜くわけにはいかない。

そう思い直した拓磨は、緩みかけた口元をキュッと引き締めた。

「今帰りかな？　専務」

穏やかな声で話しかけられ、そちらに顔を向ける。すると副社長が足早に近づいてきた。

彼の秘書が別のエレベーターの近くで待機している。これから外出するところなのだろう。

「こんなに早く帰るなんて珍しいじゃないか。仕事はもう済んだのかい？」

普段から温厚な人だが、今日は一段とにこやかだ。拓磨の父である社長は平時でも機嫌が悪そうに見えてしまう人なので、兄弟でこんなに違うものなのかと、拓磨はよく考える。

「ええ、仕事は終わりました。急ぎの用があるので、退社するところです」

「そうか、そうか。それはよかった。君は少々……というか、だいぶ働きすぎだからね。もう少し自分の時間を大切にしたほうがいい」

拓磨が言った「急ぎの用」を、副社長はプライベートのことだと思っているのかもしれない。拓磨にとっては仕事のようなものなのだが……

「先週から笹山さんが常に同行しているそうだね。やっと君の御眼鏡《おめがね》に適《かな》う秘書を見つけられたと、ホッとしているんだ」

「なかなか根性のある女性ですよ。自分のプライドより、仕事を優先できる。なんのプラスにもならない電話番を根気よく続けていた姿には、感動さえ覚えます」

「本当に真面目な女性なのだろう。何事にも一生懸命だと、前の会社の社長も褒めていたよ」

「……そうですか」

拓磨は嫌味のつもりで言ったのだが、通じていないようだ。苦笑しかけるものの、副社長が深刻な表情をしたので、それに合わせるように口元を引き締めた。

「なにover いても、完璧にやろうとしすぎる部分があるそうでね。それは仕事をする上で悪いことではないけれど……少々、度が過ぎていることもあるとか……」

拓磨がしようとした苦笑いを、副社長がしてみせる。彼がそんな表情をするのは珍しいと感じながら、拓磨は久瑠美の仕事ぶりを思いだす。あの、誰もが匙《さじ》を投げた電話番を、二週間きっちりとやり遂げたのだ。

「いささか頑張りすぎるのだろうね。前の会社の社長が心配して話してくれたのだが、他人のことにばかり気を回してしまう子のようだ。だからといって自分のことを疎《おろそ》かにするわけではないのだけれど、それは自分がしっかりしていなかったら周りの人に迷惑がかかる、という気持ちからきているのだろうと」

「その社長は、彼女のことをよく知っているのですね。若くてかわいらしいから、特別に目をかけていたとかですか？」

そう言ってしまってから、下衆《げす》の勘繰《かんぐ》りのような品のない質問だったかな、と反省する。

すぐに訂正しようとした拓磨だったが、副社長は咎《とが》めることなくうなずいた。

「そうだな。ずいぶんとかわいがっていたようだし、手元から離すとなると心配で堪《たま》らなかったのだろうね」

「は……?」

一瞬、不埒《ふらち》な想像が頭をよぎる。しかし、それはすぐに打ち消された。

「育ての親なわけだし、彼女になにかあったらと思うと気が気でないのだろう。ある意味、実の親以上に注意深く見守ってきたのではないかな」

「育ての……親?」

拓磨が不思議に思って聞き返すと、副社長は「おや?」とばかりに首をかしげ、困ったような顔をした。

「笹山さんの紹介状に、そのことも書いてあったと思うが? 彼女は幼いころに、ご両親を亡くしていてね。前の会社の社長は、笹山さんの伯父にあたるのだよ。彼女を引き取り、娘同然に育てたそうだ。……そこまでは、読んでいなかったかな?」

「申し訳ありません。ざっとは目を通したのですが……」

紹介状は受け取ったが、まともに見てはいない。どうせすぐにいなくなるし、見ても無駄だと思っていたので、どこにしまったのかも定かではない。

だが久瑠美にはすでに秘書の仕事をさせ、取引先にも同行させている。そこまでしておいて、紹介状にしっかり目を通していなかった、というのは上司としてどうなのか。

深刻に考えてしまった拓磨に対して、副社長は軽くハハハと笑うだけだった。

「いかにも君らしいな。なんにしろ、君が秘書として使ってもいいと思えた初めての人材だ。長続きしてほしいと思うよ。……なんでも自分一人で完璧にやり遂げようとする……なんて、君と似ているんじゃないか？　類は友を呼ぶともいうし、波調が合ったのかな？　とにかく、よかった、よかった」

一人納得した様子の副社長は、拓磨の肩をポンッと叩くと、「頑張りなさい」と言って秘書のほうへ戻っていった。

「他人事だと思って……」

苦々しく呟《つぶや》いて、拓磨はエレベーターのボタンを押す。副社長が何気なく話していたことが、頭の中でぐるぐると回っていた。

「……伯父夫婦に育てられた……ってことか」

話を聞く限りでは、伯父夫婦との関係も悪いものではないのだろう。大切に育てられたことが容易に想像できる。

前の職場は、きっと彼女にとって、とても居心地のよい場所だったに違いない。

それを捨ててまで、ここへ来た……

「ふうん……」

考えがまとまりそうでまとまらない。彼女が必死になって秘書でいようとすることと関係があるような気もするのだが……

真剣に考え始めるものの、エレベーターが地下駐車場に到着するころ、拓磨の思考は今夜のディナーのことに替わっていた。

＊＊＊＊

一人用のテーブルに所狭しと並べられた食器類。

縁の波模様が入った優雅で真っ白なお皿も、プラチナラインが施《ほどこ》されたグラスも、久瑠美の部屋に元からあるものではない。

そんな食器類に盛られた彩《いろど》り豊かな料理の数々も、この1LDKのアパートには不釣り合いだ。

鏡になりそうなくらい磨き抜かれたスプーンを手にしながら、久瑠美は横に控える執事スタイルの彼に尋ねた。

「専務」

「拓磨、とお呼びください。久瑠美様」

(呼べるわけない、って言ってるでしょっ！)

微笑みとともに返された言葉に、久瑠美は心の中で反論する。もちろん呼び直すことはせず、そのまま話を続けた。

「ここにある、グルメ雑誌から抜け出てきたような料理の数々は、いったいどこから湧いて出てるんですか？」

「久瑠美様は、そのようなことをお気になさらずともよろしいのです」

「しますっ。これだけ豪華なお料理なら、材料費だってかなりのものでしょう」

「それほどご心配でしたら、本当に雑誌から抜け出てきている、とでもお思いになってください。そうすれば、気を揉まれることもないでしょう」

そんなはずがないだろう、とツッコみたくなるようなことを、彼は大真面目に口にする。わずかでもふざけている様子があるなら、それなりに笑えるのだが、そのような様子もない。

「材料費をお給料から引かれる、とか、そんなことはないですよね……」

ものすごく恐ろしい可能性を思いついてしまった。

まさかとは思いつつも一応、尋ねてみる。

すると、拓磨がふっと表情を緩め、顔を近づけてきた。

「ありえません。そんな心配はなさらないでください。せっかくのディナーが不味《まず》くなってしまいますよ？」

顔を覗きこまれた瞬間、身体がビクッと反応して、のけぞりながら距離をとる。

彼が執事モードのときだけ見せる、くすぐったくなるような微笑み。会社にいるとき
とは別人だとしか思えない。

「久瑠美様に心安らげる時間を提供するのが、私の役目ですから。なんのご心配もいりません。それに、もっと私を使ってくださって構わないのですよ？　なんでしたら……」

彼は久瑠美の手からスプーンを取ると、さらに優しく微笑んだ。

「私が食べさせて差し上げましょう。久瑠美様は、ただ座っているだけでよろしいのです」

「けっこうです、けっこうですっ、けっこうですぅっ！」

背もたれに身体をめいっぱい押しつけ、ぶんぶんと首を横に振る。逃げ腰になるあまり、体重をかけすぎたのかもしれない。椅子が、ぐらっと後ろに傾くのを感じた。

おしゃれなカフェにあるような猫脚の籐《とう》椅子だ。危ない！　と思ったときには、すでに手遅れで――

久瑠美にできるのは、反射的にまぶたを閉じることくらいだった。

椅子が倒れる音が室内に大きく響く。せめてもの救いは、久瑠美の部屋が一階の角部屋で、しかも隣が空き部屋なので、他の住人に迷惑をかける心配がないことだ。

とはいえ、久瑠美は相当痛いはず……なのだが、身体に痛みはない。それどころか、とても心地よい感触に包まれていた。

「大丈夫ですか？　どこか、痛いところはございませんか？」

……あるはずがない。

なぜなら久瑠美は拓磨の腕の中にいる。椅子が倒れた瞬間、素早くかがんだ彼が、久瑠美だけを上手に受け止め、庇《かば》うように自分の胸に抱いたのだ。

「椅子に座ったまま暴れてはいけませんよ？　子どもではないのですから」

「えっ……はぃ……ぇっと……」

久瑠美は上手く声が出せない。この体勢は恥ずかしすぎる。拓磨の胸に抱きこまれているだけでなく、彼の膝《ひざ》の上に座ってしまっていた。

先週も、お姫様抱っこという、漫画でしか見たことがないような体勢にされ、心臓が爆発しそうになったというのに……。

今回はそれよりもっと密着度が高い。大きな腕にすっぽりと包まれてしまっている上、鼻腔《びこう》をくすぐるこの香りはなんだろう。彼が着ている燕尾服《えんびふく》の洗剤の香りだろうか。いや、違う。もっとこう、胸の奥がきゅうっと絞られるような香りだ。

「ちょっ……ぁ、放して……」

久瑠美は思わず拓磨の胸を押そうとする。しかし、その手を彼に取られ、握られたまま彼の頬にあてられた。

「本当に、どこも痛くはありませんか？　どうか隠さないでくださいね。久瑠美様の痛みに気づけないなんて、私にとってどれほど苦しいことか……」

とても悲しげな表情を見せられ、罪悪感のようなもので胸がずきんと痛んだ。

心配させてはいけない——そんな使命感にも似た思いが湧き上がる。

「だっ、大丈夫ですってば。どこも怪我していませんし、痛みもありません。専務が支えてくれたおかげですよ。ありがとうございます！」

動揺して、かなり早口になってしまったが、ひとまずお礼は言えた。彼がいなかったら椅子ごと転んでいたのは間違いないのだ。

少々引き攣《つ》りながらも笑顔を見せた……そのとき、いきなりガバッと抱きしめられた。

「お礼だなんて、そんな、もったいないお言葉です！　久瑠美様がご無事なら、それだけで私は……！」

「うぁああっ、いいんです、いいんです、ありがとうございますー！」

「久瑠美様は、なんて義理堅くてお優しいのでしょう。私ごときに、そんなお言葉をかけてくださるなんて！」

（いや、私ごとき……って、あなた上司ですからぁっ!!）

久瑠美は心で叫ぶ。拓磨の腕の力がどんどん強くなってきて、声が出せなくなっていた。

だが苦しいからなのか、恥ずかしいからなのかも、動揺のせいで上手く考えられない。

——男性に、こんな包みこむような抱きかたをされるのは初めてだ。もとい、抱きしめられること自体が初めてだ。

どうしたら放してもらえるだろう。今の彼は執事モードだが、本来は専務で上司なのだ。無理やり突き放すのもまずいような気がする。

「ほ、本当に大丈夫ですから……あの、食事の続きを……」

なんとなく、この言いかたが一番いいような気がした。すると思ったとおり、彼女を惑わせていた広い胸がすぐに離れていく。

「お怪我がなくて、本当によかった」

彼は久瑠美の腰を支えながら立ち上がり、倒れた椅子を戻してそこに座らせる。さらには、乱れて頬にかかっていた久瑠美の髪を、指先でそっと耳にかけてくれた。

「私も、少々お節介が過ぎたのかもしれませんね。困らせてしまって、申し訳ございません」

そして繰り出される、はにかむような笑顔……

――これは反則だ。

「デザートを用意してまいりますので、少々お待ちください。本日は、ラ・フランスのシャーベットですよ」

彼はそう言ってキッチンへ入っていく。そばから離れてくれたので久瑠美はホッとするが、キッチンは対面式で、おまけにこのテーブルはその正面に置かれている。

当然、彼の姿は始終丸見えだ。

彼は冷凍庫から銀色のケースを出し、そこに入っていたシャーベットやフルーツを用意してあるお皿に盛っていく。

拓磨は一八〇センチ以上はあるだろう大柄な男性で、手も大きい。そんな彼が、とても繊細な手つきでデザートの一皿を仕上げていく姿は、まるで一種の芸術を見せられているかのようで……少し、見惚《みと》れてしまう。

彼から目を離せないでいると、視線を感じたのか、その顔が上げられた。目が合った瞬間、久瑠美の胸がグッと詰まり、じわりと熱くなっていく。そんな自分の反応に驚き、慌てて口を開いた。

「あの、聞いてもいいですか……」

彼に見惚《みと》れていたと思われたくなくて、咄嗟《とっさ》に出した言葉だったが、なにを聞こうかなんて決めていない。「なんなりと」と返されて焦るが、目の前の料理を見て、根本的な疑問を思いだした。

「このお料理、誰が作っているんですか？」

「気になりますか？」

「それは……気になりますよ。先週のもそうですが、どう考えたってこの部屋のキッチンで作れるようなものじゃないですし」

材料や調味料があれば作れるのかもしれないが、帰ってきたら料理ができ上がっている状態なのだ。それを考えると、拓磨が作っているとも思えない。

先週も今日も、拓磨は定時になるとすぐ会社を出ていた。

久瑠美は秘書の仕事を始めてから、毎日一時間ほどの残業を余儀《よぎ》なくされているが、だとしても彼女が帰ってくるまでのあいだに、これだけの料理を作るのは無理だろう。

夕食の用意だけならまだしも、彼には身支度やその他諸々《もろもろ》の準備があるのだから、作るところまでは手が回らないはずだ。

……それ以前に、こんな一流レストランかと思うようなメニューを、大企業の御曹司《おんぞうし》が作れるとも思えない。

「そんなに心配せずとも大丈夫です。私が信頼する業者からしか調達いたしませんし、怪しいものも入ってはおりませんよ。それこそ……」

彼はなにかを思いだしたかのように、手を止めて久瑠美を見る。そして悪戯《いたずら》っぽく笑った。

「雑巾のしぼり汁なんて入っておりませんので。どうぞご安心を」

「じょ、冗談でもイヤですっ」

久瑠美は素早く目をそらす。——今の笑顔も、実に心臓に悪い。

（こんなの、かえって気持ちが休まらないじゃない！）

いくら執事のスタイルをしていたって、彼は上司なのだ。こんなことをされて気など休まるはずがないし、癒《いや》されるはずもない。

「あー、もぅっ」

文句代わりの短い言葉を発し、久瑠美は手のひらで自分の顔を扇《あお》ぐ。すると、タイミングよく目の前にシャーベットが置かれた。

「暑いのですか？　そういえば、今夜は昨夜より気温が高めかもしれませんね。九月とはいえ、まだ夏の名残《なごり》が感じられる」

「そ、そうですね」

顔が熱いのは気温のせいではない。しかし、それを認めたくなくて久瑠美は話を合わせる。差し出されたスプーンを受け取って、クリスタルの皿に盛られたシャーベットに差しこんだ。

シャクッ……という感覚が心地いい。スプーンを入れたところから甘い香りが強く漂《ただよ》ってきた気がして、久瑠美の口元がほころぶ。

その顔を探るように覗きこんできた拓磨が、とても穏やかな声で言った。

「ああ、いいお顔です。そのなごんだご様子、見ているだけで、私まで癒《いや》される」

――もう……どうしたらいいのか……。

そんなことを目の前で言われたら、スプーンを持つ手が動かない。

「昨日より暖かいからといって、油断して、お腹を出して寝ないようにしてください。

「お腹を壊したら、明日のお仕事に差し支えますよ?」

「お、お腹なんか出しませんっ。ちっちゃい子どもじゃないんですから」

さすがに馬鹿にしすぎだと感じ、ムッとして言い返す。彼はクスリと笑い、片づけのためかキッチンへ戻っていった。

彼の視線がなくなると、やっと久瑠美の手が動く。甘く爽《さわ》やかなシャーベットが口の中を幸せにしてくれて、ぱあっと気持ちが晴れやかになった。

そこで久瑠美はハッとする。今の顔を見られたのではないか……そんな焦りが走り、キッチンを盗み見た。しかし、彼は久瑠美に目を向けることなく食器を片づけている。

その表情は、とても優しげだった。

この人は、本当にあの平賀専務と同一人物なのだろうか。そんな疑問が生まれるほどだ。

こんな表情や優しさを、会社にいるときは絶対に見せてくれないだろう。もしかしたら、彼に微笑みかけられて胸がグッと苦しくなるのも、触れられたり近づかれたりして異常に動揺してしまうのも、そのせいかもしれない。会社で見る彼とはまったく違う姿を見せられ、混乱してしまうからではないだろうか。

ときどき引き起こされる理解不能な感情に、久瑠美はなんとか理由づけしようとする。

そうだ。きっとそうなのだ。

会社で見る拓磨とは真逆な上に、スキンシップもやたらと多い。戸惑ってしまう原因は、そこにあるに違いない。

そう結論を出そうとするが、いまいち考えがまとまらない。

「久瑠美様」

耳をくすぐる心地よい声に顔を上げると、キッチンから柔らかな眼差しが向けられていた。

「今夜のバスオイルは私にセレクトさせていただけませんか？　お疲れを癒《いや》すのに、最適なものをお持ちしたのです」

悪戯《いたずら》っ子がなにかたくらんでいるような、楽しげな表情。

久瑠美は胸の奥で、とくん……と不可解な脈が刻まれるのを感じながら、「いいですけど」と少々つっけんどんに返した。

――室内の空気が、とても柔らかく感じられる。

一人でいるときよりも、この部屋が心地よい空間になっている気がした。

自分のことを思ってくれる誰かが一緒にいる。そのことが、疲れた心をなごませる。

不可解な感情に理由をつけようとしていた久瑠美だが、ひとまずそれをやめた。

きっと、今は考えてもまとまらない。そう結論づけたのだ。

執事モードの拓磨が帰ったら、少しは思考が働くようになるかもしれない。――と、思っていたのだが……。

結局、考えることもできないまま、入浴後すぐベッドに入ってしまった。拓磨がセレクトしたバスオイルが最高だったからだ。

正確には、バスオイルではなかった。有名温泉の入浴剤だ。どれだけの量を入れたのか知らないが、部屋の中まで温泉の香りでいっぱいになった。

おしゃれな雰囲気とは程遠い。しかし、久瑠美の庶民的な感覚に合わせてくれたのかと思うと、それがまた嬉しい。

彼が帰るときには、つい「ありがとうございました」と口にしてしまった。それに「もったいないお言葉です」と返した彼の笑顔が、またもや久瑠美の鼓動をおかしくした。

今度来るときは、いくつかのバスオイルを独自にブレンドしてくれると聞いて、不覚にも好奇心と興味が沸く。

なんだか、とてもいい気分になってしまった。

このほんわりとした気分のまま寝てしまおうと、久瑠美は気持ちよく眠りについたのだった。

――最近の自分はどうかしている。

久瑠美は、そう思わずにはいられない。

拓磨が執事姿でお世話をしに来るという衝撃の事件から一ヶ月。彼は週に一回、もしくは二回程度のペースで久瑠美を癒《いや》しに訪れる。

最初こそ混乱してばかりで言葉も上手く出ないような状態だったが、昨日、六回目の訪問を受けた際は、うつぶせに寝転がって背中を彼にマッサージしてもらいながらうたた寝するという、あとから考えると冷や汗ものの行動をサラッとやってのけていた。

もしかしたら、食事の中になにかおかしなものが入っていたのではないだろうか。拓磨は否定していたが、精神が穏やかになるようななにかが……

そうとでも思わなければ、どうにも納得できない。最近の自分は執事としてやってくる拓磨に対して、気を許しすぎているように思うのだ。

(そうよ。なに、なごんじゃってるのよっ！　あんなの駄目に決まってるでしょう。だいたい、あの人に心を許したら、秘書を辞めさせられて左遷《させん》なのよ！)

自分を咎《とが》め、気持ちを引き締めて専務室へ向かう。

昨日のような失態は演じないぞとばかりに、いつもより二時間早い出社だ。

拓磨もすでに出社しているらしい。エントランスにいた警備員に聞くと、三十分ほど前に彼の車が駐車場に入ったそうだ。

久瑠美に秘書の仕事を任せるようになっても、拓磨の出社時刻は以前と変わらない。

本当に、仕事に心血《しんけつ》を注いでいる真面目な人なのだと思う。

冷たさと無関心さをあらわにし、何人もの秘書を辞めさせた人。信じられるのは自分だけ。

上司じゃなければ、近寄りたくないし関わり合いにもなりたくないタイプだ。

そんな人と一日じゅう一緒に仕事をしたあと、一八〇度変わった態度で世話をやかれるのだから、戸惑わないほうがおかしい。

だが今朝起きたとき、久瑠美は落ち着いて考え、あることを思いついた。

――拓磨に、慣れればいいのだと。

普段から平賀専務という人に慣れておけば、不意に微笑みかけられたり、スキンシップをはかられたりしても、理解不能の感情や鼓動の乱れに慌てることもないだろう。

逆にうっかり気を許しすぎて、隙を見せることもない。常に冷静さを保てるのではないだろうか。

「専務、おはようございます！　笹山です！」

元気よく挨拶《あいさつ》をしながら、久瑠美は専務室へと足を踏み入れる。自分のデスクですでに仕事を始めていた拓磨は、いつになく元気な久瑠美に眉をひそめたが、「おはよう」と感情のない声で言い、手元の書類に視線を戻した。

本来なら、ここでコーヒーを淹《い》れるかどうか尋ねるべきなのだが、久瑠美は無言で拓磨に近づく。いつものようにデスクの前では止まらず、ぐるっと回って彼の横に立った。

久瑠美が珍しい位置まで来たので、拓磨も何事かと思ったらしい。怪訝《けげん》な顔で彼女を見上げる。

「専務、ちょっと慣れさせてください」

「はぁ？」

わけがわからないと言いたげな声を出されたが、ここで躊躇《ちゅうちょ》するわけにはいかない。

久瑠美は拓磨の肩に両手を置くと、かがむようにして身体を寄せた。

顔を近づけると、執事モードのときにも感じた芳香が、ふわりと鼻腔《びこう》をくすぐる。

スーツの香りと髪の香りが混ざったようなものだ。

「なにをやっているんだ、おまえ」

拓磨は当然の疑問を口にする。それでも、気持ち悪いと言って振り払わないだけマシかもしれない。

「ちょっと、専務に慣れておこうと思いまして」

「慣れる？」

「専務の気配というか、存在というか……とにかく、日ごろから専務に触れて、慣れておこうと思うんです。そうすれば、いろいろ意表を突かれたり、珍しいものを見せられたりしても、動じなくなるかな……って」

「わけがわからん」

「わからなくていいです。とにかく、専務の身体に慣れさせてください」

呆れられている気がして、少々ムキになって言い返す。おかしな言いかたをしてしまったことに、あとから気づいた。

「大胆なことを言うな。おまえ」

案の定、拓磨は笑いを噛み殺している。専務に慣れさせてください、でよかったのだ。身体、をつける必要はない。それだから「大胆」などと言われてしまったのだ。

「い、言い間違えただけですからぁっ！」

久瑠美は勢いよく離れると、顔を隠すように背を向ける。

「コーヒーを淹《い》れてきます……！　そのあとは、今日のスケジュールを……」

早足で歩いたせいで、すべて言い終わらないうちに部屋から出てしまった。そのまま給湯室へ向かいながら、久瑠美は熱くなっている頬を両手で押さえた。

勢いで言ってしまった言葉を後悔している場合ではない。それはわかっているが、やはり恥ずかしいものは恥ずかしい。

「がんばらなきゃ……」

いつまであの執事スタイルで通う気なのかは知らないが、おそらくこの先もやってくるだろう。もしかしたら久瑠美が秘書でいる限り、ずっと通うつもりなのかもしれない。

だからこそ、拓磨に慣れておく必要があるのだ。

会社での冷たい雰囲気とは真逆な、執事モードのときの柔らかく温かな雰囲気。……そして、やけにスキンシップが多いことにも……

ちゃんと慣れておかないと、うっかり動揺している姿や、なごんでいる姿を見せて、彼に気があるのだと誤解されかねない。気があるからそんな態度をとるんだろう……そう決めつけられてしまったら、秘書を辞めさせられてしまう。

そのあとも、久瑠美はなるべく意識して拓磨のそばに寄るようにした。なにげなく腕に触れてみたり、意識して顔を見つめてみたり。

そのおかげだろうか……

次に拓磨が来たときは、いつもよりは動揺することなく、執事モードの彼に接することができた。

これだ。この調子だ。

久瑠美は、なにか重要なポイントをつかんだような気がした。

それからは、常に意識して拓磨に近づくようにした。ときに腕に触れ、背中に触れ、ついて歩くときもなるべく距離を縮めて……

だんだんと自然にできている自分に気づく。我ながら快挙だと思ったのは、その次に拓磨が来たとき、執事モードの彼の微笑みに、動じず笑って応えることができたからだ。

（わたし……、彼に勝ったような気がする……）

入社して早二ヶ月。拓磨の執事攻撃を受けるようになって一ヶ月半。久瑠美は、初めて優越感に浸りながら、気持ちのいい眠りについたのである。

＊＊＊＊

拓磨はスカーフタイをグッと緩め、大きく息を吐きながら、車のハンドルをバンッと叩く。

小さな駐車場には他にも数台の車が停まっているが、人影もなく静かなせいか、その音がやけに大きく響いた。

久瑠美のアパートの裏にある駐車場だ。住人専用のものではなく、もともとは個人商店の駐車場だったのを、店の跡地ごと有料駐車場にしたようだ。

周囲にはアパートやマンションが多いので、訪問客などが利用しているのだろう。拓磨も、久瑠美の部屋へ来るときはいつも利用している。

車のフロントガラスから、フェンス越しに久瑠美の部屋が見える。二つ並んでいる窓のうち大きいほうがリビング、小さいほうが寝室だ。どちらも照明は消えていた。

彼女がベッドに入るのを見届けてから出たので、そのまま眠ったのだろう。

執事姿で奇襲をかけてから二ヶ月。最初の数回は、帰るときに消したリビングの照明が、拓磨が部屋を出てしばらくしてから、また点《つ》いていた。

思わぬ事態に動揺して眠れなかったのだろう。そう思うと、勝ち誇ったような気分になり、翌日「悪夢でも見たのか」とからかってしまったほどだ。

だが、ここ数回に関しては、ぐっすり眠れているらしい。

「どうなっているんだ……」

声にイラつきが混じった。

このところ久瑠美が真っ赤になってあたふたする姿を見ていない気がする。これは、彼女が拓磨に慣れたことの証明なのだろうか。

ここ最近、彼女は拓磨に慣れたいと言い、やたらとスキンシップをはかろうとしていた。

しかし拓磨に少し近寄られただけで慌て、微笑みかけられただけでうろたえていたというのに、これほどすぐに平気になるものだろうか。

舌打ちをしてひたいを押さえ、久瑠美の部屋の窓を見つめる。彼女が執事姿の自分に落ち着いた態度で接していたのを思いだし、また苛立《いらだ》ちを覚えた。

平気になってもらっては困るのだ。もっと戸惑って意識してくれなくては。

それはもちろん、自分に興味を持たせ、それを口実に自分の秘書を辞めさせるためだ。

ただそれだけのはずなのに……なんだろう。

久瑠美が拓磨に慣れようと必死になっていた様子を思いだすたびに、イラついてしまう。そんなに俺を意識するのがイヤなのか、と……。

拓磨は首を横に振り、ハアッと息を吐いてハンドルにひたいをつけた。

おかしな考えだ。これではまるで、意識してくれないことを……自分になびかないことを怒っているようではないか。

拓磨の中の我儘《わがまま》な部分が騒いでいるのがわかる。その原因が自分でもよくわからなくて、余計に苛立《いらだ》つ。

「だいたい……、あの〝慣れるためにくっつきます〟みたいなのはなんなんだ」

意図的に拓磨のそばにやってきては、軽く接触していく久瑠美。腕に触れたり、肩に寄り添ったり。それもこれも彼に慣れるためだと言っていた。

「気に入らない」

――なにがだろう。

自分の言葉に、自分で疑問を覚える。

いったいなにが気にくわない？　拓磨を意識しないように頑張っているところか？

だが相手の立場で考えれば、あれは彼女なりの必死の抵抗なのだ。

いつもの拓磨ならば、せいぜい足掻《あが》けと鼻で笑っていただろう。

そうできずにいる自分に苛立《いらだ》つ。そしてもちろん、原因を作る久瑠美にも苛立《いらだ》つのだった……

＊＊＊＊

（なんか、機嫌悪くない？）

拓磨がまた執事姿でやってきた翌日、出社して最初に感じたのがそれだった。

彼が厳しい顔をしているのはいつものことだし、笑顔のほうがレアだ。

しかし今日は、なんだか本当に〝機嫌が悪いぞオーラ〟が出ていて、最近出社してすぐにやっている〝専務に慣れる修業〟もできなかった。

今は外に出ているが、歩くのもやたらと速い。必死について歩いても、いつもより距離が開いてしまう。これでは彼に近づくことすら困難だ。

いったいどうしてこんなに不機嫌なのだろう。昨夜アパートから帰るときには、不機嫌な様子はなかった。だとすればそのあと、または朝にでもイヤなことがあったのだろうか。

車での移動中、助手席から拓磨の横顔をチラチラと盗み見て、久瑠美はあれこれ考える。

大企業の専務となれば、専属の運転手がいてもおかしくないが、当然のように車は彼が運転していた。さすがに運転が荒くなるということはなく、仕事先で人に会った際もいつもどおりにこやかだ。

しかし……久瑠美と二人きりになると、明らかにイライラオーラを感じる……。

（わたしが原因？　わたし、なんかしたっけ？）

気まずさにも似た焦りが湧き上がる。喉《のど》の奥が詰まって呼吸が止まりそうだった。

久瑠美はごくりと息を呑み、意を決して口を開く。

「専務、すみません。あそこのコーヒーショップの前で停めてもらえませんか」

コンビニでもよかったが、残念ながら見える範囲に店がない。そこで目についた小さなコーヒーショップを指さした。

「スケジュールが押しているはずだ。喉《のど》が渇いたなら、次の訪問先のビルで水でも飲んでいろ」

「トイレです。結構限界です」

そう言われれば、さすがの彼も停まらないわけにはいかない。

車はコーヒーショップの駐車場へ入った。

とはいえ、本当にトイレへ行きたかったわけではない。車を降りた久瑠美は、ある店に電話をしながらコーヒーショップに入り、そのあとコーヒーのカップを二つ持って車へ戻る。

「どうぞ、専務」

助手席に乗りこむ前にカップを差し出すと、エンジンをかけようとしていた彼の手が止まった。

ここは「ありがとう」と素直に受け取る場面だと思うのだが、眉をひそめた拓磨はやっぱり文句を言わずにはいられないようだ。

「おまえな、スケジュールが押していると言っ……」

「訪問先のお店には電話で確認しました。オーナーは現在外出していて、これから戻ってくるので、あと三十分はかかるとのことです。ここからお店までは車で五分。オーナーより先に到着するのが礼儀ですが、それでも二十分以上の余裕があります。その二十分の中で、専務に休憩をしていただきたいと思うんです」

時間にルーズな秘書だと馬鹿にされる前に、久瑠美は先手を打つ。車を出たとき先方に電話を入れ、向こうも了承済みなのだ。

拓磨にカップを手渡し、助手席に乗りこみながら久瑠美は続けた。

「訪問先の和風レストラン【和茶枇《わさび》】さんには、週二回ほど打ち合わせのために訪問いたしますが、いつも三十分ほど待たされています。ですから事務の女性にあらかじめ確認しておいたのです。オーナーはご多忙な上に、おおらかな性格の方なのかもしれません。とにかく訪問先で待たされるくらいなら、くつろげる車内でコーヒーでも飲んでいただきたいと思いました」

「余計なお世話だ」

間髪《かんはつ》を容《い》れずに冷たい一言が返ってくる。

久瑠美はドキリとするが、続く言葉は思いもよらぬものだった。

「……と、言いたいところだが……。状況に応じて臨機応変に行動できるのはいいことだ。先方の性格をおおらかと表現し、安易に人格を否定しなかったところもいい」

「あ、ありがとうございます。そうおっしゃっていただけて安心いたしました」

口先だけではなく、心底ホッとしていた。拓磨は身内だけでなく他人にも厳しい印象があるので、下手をすれば先方との関係が悪くなるのでは……と久瑠美は不安だったのだ。

安心したことで気が緩み、饒舌《じょうぜつ》になって補足する。

「大学のとき、地方出身の子と仲が良かったんですけど、とってもおっとりしている子だったんですよ。彼女の地元では約束の時間になってから動くのが普通なんだって聞いて、驚いたのを覚えています。それからは人に待たされるようなことがあっても、あまりイライラしなくなりました。でも、時間をきっちり守るタイプの人には信じられない話ですよね。専務のような方からすれば、もってのほか外じゃないですか？」

調子にのって、一言多かったかもしれない。久瑠美はハッとするが、拓磨は苦笑してカップに口をつけた。

とりあえず気分を害したわけではないようだ。

「なんだこれ」

拓磨が思わずといったように呟《つぶや》き、カップを凝視《ぎょうし》している。驚いたというより、意表を突かれたという感じだ。これは予想していた反応だったので、聞かれる前に久瑠美は口を開く。

「ミルク増し増しのカフェラテです。お砂糖控えめですけど、口あたりはまろやかですよね？」

「まろやかというか……」

「ほぼ、コーヒー牛乳みたいな」

自分で注文しておきながら、ついアハハと笑ってしまった。拓磨が呆れたような顔をしたので、慌てて言い訳に走る。

「今日の専務はイライラしているようなので、せめてミルクでカルシウムを摂《と》ったほうがいいですよ」

「それで、コーヒー牛乳なのか？」

拓磨は少々嫌味な言いかたをした。これも予想どおりだ。

「もちろん牛乳を飲んだからって、すぐにイライラがなくなるなんてことは実際ないんでしょうけど、まあ、ミルクのまろやかさで気持ちもまろやかになってくれたらいいな、なんて思いまして」

「……誰のせいでイライラしてると思ってんだ……」

「はい？」

「別になんでもない」

拓磨がポツリとなにかを呟《つぶや》いたので反射的に聞き返してしまったが、彼はすぐ無表情に戻ってカップに口をつける。

なので、久瑠美も気にすることなく自分のカフェラテを飲んだ。

「……本当に、コーヒー風味の牛乳だな……。どれだけミルクを入れてあるんだ……」

静かな声だが、どこか楽しそうな雰囲気がして、久瑠美は彼のほうを向く。柔らかく微笑む口元が目に入ると、なぜか、とくん……と胸の奥で鼓動が鳴った。

黙っているのがもったいないような気持ちになり、思いつくままに話し出す。

「さっき時間の話で思いだしたんですけど、わたしの友だちで、時間に縛られない、すごく自由な勤務形態で仕事をしている子がいるんですよ。同じアパートの隣に住んでいるんですけど」

「隣？　隣は空き部屋だろう？」

「正確には隣の隣、です。あ……、わたしの部屋に来るとき、出くわしたこととかありません？」

実は少し気になっていたのだ。亜弥美はその時間帯もアパートにいることが多いし、拓磨が部屋に入るところを彼女に見られてはいないだろうかと。

「反対側の角部屋に住んでいる管理人には会ったが、他の住人は見たことがないな」

「そうですか……。でも、そのほうがいいかも」

もし久瑠美の部屋に男性が入っていく場面を亜弥美に見られたなら、「あれは誰!?」と激しく追及されるだろう。

それに、拓磨はかつて亜弥美のお気に入りだった「トーマさん」でもあるのだ。といっても五年も前のことだし、同一人物だとは思わないかもしれないが……。

「やっぱり、友だちに知られると気まずいのか？　今まで男っ気のなかったおまえの部屋に男が出入りしていれば、なんだかんだと聞かれることにはなるんだろうが」

恋人の有無や過去の恋愛についての話を拓磨にしたことはない。彼は久瑠美に恋人などいるわけがないし、恋愛経験もないだろうと決めつけている感じだ。

……まあ、間違いではないのだが。

（わたしって、そんなに恋愛経験ありませんオーラが漂《ただよ》ってるのかな……）

そんな雰囲気がだだ漏れだからこそ、拓磨もなんの確認もせずにアパートまでやってきて世話をやき始めたのかもしれない。

管理人に、あんな嘘までついて……。

久瑠美はハアッと息を吐き、指先でひたいを押さえるようにする。

「友だちに知られることより、管理人さんと顔を合わせるのが怖いです」

「怖い？　害のなさそうな、おっとりしたご老人だったが？」

「だからですよ。今度会ったら絶対に聞かれます。『お兄さんはお元気ですか』って」

「内縁の夫です、とでも言ったほうがよかったか？」

「余計にわるいですっ」

初めて執事モードの拓磨が現れた日、最大の疑問はどうやって部屋に入ったのか、ということだった。

なんのことはない。彼は管理人の部屋へ行き、久瑠美の兄だと名乗ってまんまと鍵を借りたのだ。

上司だからこそ知りえる彼女の個人情報を話して信用を得たらしい。とはいえ生年月日や出身校、実家の場所くらいだろうが、そこに「自分は海外勤務が長くて妹に会うのは五年ぶりだ」という、もっともらしい小ネタを仕込んだそうだ。

執事モードの拓磨を見ればわかるのだが、別人を演じているときの彼は、人当たりのいい好青年にしか見えない。

ちょっと言いかたは悪いが、管理人のようなご老人なら、騙《だま》されてしまってもおかしくはないレベルなのだ。

さらに拓磨は、鍵を返しに行く際、お礼に菓子折りまで持参したという……

「兄っていうのを、本当に信じてもらえたかは謎ですよ」

「本当は恋人なんだろうと勘繰《かんぐ》られているかもな」

管理人に誤解され、あたふたする久瑠美の姿を想像しているのか、拓磨は実に楽しそうだ。

だが面白がられても困る。いくら穏やかなご老人でも、年ごろの女性の部屋へ男性が訪ねてきたとなれば、関係を疑って当然だ。次に顔を合わせたときに、平気な顔で嘘がつけるだろうか。

「管理人とはいえ、めったに会うことはないんだろう？　次に会ったときには忘れているかもしれないぞ。俺も、初日に鍵を借りに行ったときと、返しに行ったときしか顔を見せていないしな。毎回借りに行っているなら、さすがに覚えられるだろうけど」

「そりゃあ、合鍵を作れば毎回借りに行く必要もありませんからね……」

「作ってよかっただろう？　感謝しろ」

「なにをですかっ」

声が大きくなりそうなのを必死に抑える。拓磨はといえば、しれっとした顔でコーヒー風味の牛乳をすすっていた。

彼は勝手に合鍵を作り、次の訪問からはそれを使っている。

自分の役目を果たすためには必要だ、と事後報告されたが、久瑠美に断りもなく作るというのはいかがなものだろう。

さすがに文句のひとつも言ってやろうと思ったら……

『今どき簡単に合鍵を作れるようなアパートで女が一人暮らしとか……。おまえには危機管理能力がないのか』

と、なぜかこちらが叱責されたのだ。

（……解《げ》せない……）

そのときのことを思いだすとモヤモヤする。拓磨は早々にカップを空《から》にし、「本当にほぼ牛乳だったな」と楽しそうだ。

カルシウムのおかげでご機嫌なのだろうか。意外と単純だなとは思えど、そんな笑顔を見ていると、久瑠美の心もほぐれていくような気がした。

なぜだろう……。仕事中にリラックスした姿を見られたことが、すごく嬉しい……

——とくん……と、おかしな脈が胸の奥で響く。

不可解に感じながらも、今の雰囲気なら日課の〝専務に慣れる修業〟ができるのではないかと思い立った。

しかしその考えは、マイペースな彼にさえぎられる。

「専……」

「さっさと飲め。そろそろ行くぞ」

仕事モードに戻った拓磨は、早々にシートベルトを引っ張った。


和風レストラン【和茶枇】に到着したのは、オーナーが戻る五分前。ちょうど事務員がお茶を準備し終えたタイミングだった。

さほど待たせずに済んだと知り、オーナーもなんとなく気分がよかったようだ。事務員から事前に確認の電話があったことを聞かされ、久瑠美を褒めてくれた。

「よい秘書さんがついてくれてよかったですね、専務。おかげで前より少し楽になったんじゃないですか？　眉間《みけん》のしわが消えていますよ」

少々頭髪が後退した小柄なオーナーは、からかうように言って楽しそうに笑った。

取引先の人から見ても、拓磨の顔つきが変わったと思うのならば、いい傾向ではないだろうか。

拓磨は「そうですか？」と笑うだけだったので、どう感じているかはわからないが、少しは役に立てたようで久瑠美は嬉しかった。

けれど、拓磨のことで気持ちが暗くなったり明るくなったりする自分に、なぜか戸惑ってもいたのである。

会社へ戻ると、秘書課の全員に配信されたらしいメールが届いていた。

来週の土曜日に、【笹山さん三ヶ月お疲れ会】を開催、とある。

メールの件名を見ながら首をかしげると、横に人の気配がした。顔を向ければニコニコした百合が立っている。

「三ヶ月お疲れ会？」

「そうよ～、お疲れ様だもの。やるわよ、お疲れ会」

「そ、それ、なんですか……」

いまいち意味がわからない。メールの内容を読めばわかるだろうかと視線を戻したものの、文字を追う前に百合が説明してくれた。

「笹山さんに三ヶ月お疲れ様の気持ちをこめた、まぁ、部署の飲み会みたいなものよ。もちろん、参加できるわよね？」

「わたしの……？　でも、歓迎会はもうしていただきましたよ？」

「歓迎会じゃなくて、〝三ヶ月お疲れ様会〟よっ。来週で、笹山さん入社三ヶ月になるでしょう？　二週間もったときも奇跡だと思ったけど、三ヶ月よ、三ヶ月。これはお祝いしなきゃじゃない？」

「そ、そうですか……？」

ちょっと笑顔が引き攣《つ》る。喜んでもらえるのは嬉しいが、大袈裟《おおげさ》なような気もするし、三ヶ月続いたことをここまでねぎらわれてしまうなんて、拓磨はどれだけ鬼畜だと思われているのだろう。

（無理もない気はするけど……、それほど鬼畜でも暴君でもないよね……）

ついつい庇《かば》ってしまう久瑠美の脳裏には、執事バージョンの彼や、仕事中の何気ない瞬間にふっと見せる穏やかな表情が浮かんでくる。

ぼんやりとその妄想に浸ってしまいそうになったが、百合にひたいをさわられてハッと我に返った。

「なんか顔が赤いわよ。風邪？　熱っぽいの？」

「そ、そんなことないです、すみませんっ」

赤い顔でもしていたのだろうか。だとしたら、拓磨を思いだして赤くなっていたということになる。そんなはずない、そんなはずない、と心で繰り返しながら、久瑠美はごまかすように笑った。

「部署の飲み会も兼ねて、だから、そんなに構えなくていいのよ。それでも『専務秘書になって三ヶ月、よくぞ続いた』っていうのがメインだから、主役はもちろん笹山さん。ってことで、絶対に参加してね。時間と場所はメールに書いてあるから」

「わかりました。ありがとうございます」

なんだかんだと理由をつけて飲み会がしたいだけ……という言いかただが、久瑠美をねぎらってくれていることには間違いない。素直に礼を言い、メールに目を通す。

日付は来週の土曜日で、時間は十九時からだ。

執事モードの拓磨が休みの日に訪れたことはないし、特に問題はないだろう。

仕事の疲れを癒《いや》してくれるのが目的なのだから当然だとは思うが……。一応確認しておいたほうがいいだろうか。

今度来たときにでも確認しておこう。そう考えながら、久瑠美は仕事を進めた。

拓磨扮《ふん》する執事だが、この頃は金曜日の夜にやってくる。

おそらく、一週間の疲れを癒《いや》す、という意味があるのだろう。――だとすれば、今夜は彼が来る日だ……。

三ヶ月お疲れ会のメールが来てから一週間。明日はその飲み会がある土曜日なのだが、なんとなくタイミングがつかめないこともあって、拓磨がアパートに来るのかどうかの確認ができていない。

休みの日にまで来るはずがない。わかっていても……もしかしたら、という気持ちがある。やはり念のため聞いておいたほうがいいだろう。

久瑠美が専務室でデスクワークと闘っていると、拓磨が席を立った気配がした。

時計を確認すれば、定時を三分ほど過ぎたところだ。いつもどおり久瑠美は残業していくつもりだが、拓磨はこれから執事としての準備に入るのだろうか。

(そういえば、今日は専務に慣れる修業をしてないな)

だんだん慣れてきたせいか、ときどき忘れそうになる。今日くらいしなくても大丈夫かと思う反面、一応やっておきたくもあるのは日課として定着しているから——または、なんとなくこの修業が楽しいからかもしれない。

「あの、専務……」

「今日はあと一時間もかからなそうだな」

言うタイミングが被ってしまった。最近こういうことが多いような気がする。自分が拓磨のことを考えたタイミングで、彼も自分のことを気にしてくれる。そう思うと、なぜか胸がグッと締めつけられた。

「とはいっても、電車の本数がそれほど多い路線じゃないから、帰宅するのはいつもと同じ時間だな」

「……」

一人納得している拓磨から意識的に目をそらして、久瑠美は椅子から立ち上がる。

なんとなく、拓磨の顔を見ることができなかったのだ。——彼が自分のことを気にしてくれている……なんて、おかしなことを考えてしまったせいで。

そんな自分に活《かつ》を入れるためにも、やはり修業はしておきたい。

「あの、専務……いつもの、ちょっといいですか？」

「いつもの？」

拓磨はなんのことかわからなかったようだ。しかし久瑠美が近づいていくと、彼は
「ああ、あれか」と少しイヤそうに呟《つぶや》く。

その声のトーンにドキリとするものの、これは自分の心を平静に保つための訓練だ。

やらないよりは、やっておいたほうがいい。

もう充分慣れただろうと過信して、いざ執事な拓磨のスキンシップが炸裂したとき、
恥ずかしくてあたふたしてしまうのは避けたい。

「はい、すみません、アレです」

久瑠美は事務的に言うと、いつもどおり拓磨に寄り添い、軽く腕に触れた。大きな溜
息が耳に入ってドキリとする。

もしかして、いつも同じようなことばかりするから、いい加減呆れているのだろうか。

そんな不安にも似た気持ちが湧き上がる。が、そのとき……

「俺に慣れたいなら、もっとくっつかなきゃ駄目だろう？　ほら」

いきなり肩を抱かれ、拓磨の胸に抱きこまれた。

「いつもちょっとさわって、においを嗅《か》いでいるだけだ。俺は未知の珍獣かなにかか？　執事のときの奉仕に慣れたいなら、体温を感じるくらいくっついて、もっとベタベタされ」

（無理です!!）

心で叫ぶが、もちろん声は出ない。というより口が動かない。

……いや、身体も動かない。

拓磨の胸に抱きこまれたまま、久瑠美は完全に停止してしまった。

肩を抱く腕は力強く、大きな手のひらが肩口を掴《つか》んでいる。顔から腰まで、いや、太腿《ふともも》まで拓磨に密着した状態だ。

服を着ているはずなのに、スーツの感触が肌に伝わってくる気がする。それどころか体温まで伝わってきているのでは……と錯覚するくらいの熱を感じた。

しかし、それは彼の熱ではない。久瑠美の体温が上がっているだけだ。

ふわりと香る清涼感のある香り。一日動き回って汗もかいているはずなのに、この爽《さわ》やかさはなんだろう。少し甘さも感じるのはコロンかなにかだろうか。

（駄目……！　頭がボーッとしちゃう！）

身体が固まっていて動けない。頬が赤くなっているのもわかる。顔を上げたらそれを知られて鼻で笑われそうだ。

そう思うと、どうしたらいいかわからなくなる。鼓動が全速力で走り出していた。

パチンッと音がして、髪をハーフアップにしていたバレッタを取られたことがわかる。癖がついた部分をほぐすかのように、大きな手が髪に差しこまれた。

「部屋ではおろしているだろう？　髪が乱れて見苦しいわけでもないんだから、わざわざ留めなくてもいいぞ。――柔らかくて綺麗な髪なのに、もったいない」

指で髪を梳《す》きながら、スルッと頭を撫でられる。感じたことのないゾクゾクッとしたものが背中に走って、久瑠美は咄嗟《とっさ》に拓磨の身体を押した。

「やっ……！」

押したはずなのに、なぜかさらに抱き寄せられた気がする。

「本当に……綺麗だ……」

その囁《ささや》きは、吐息とともに久瑠美の頭を火照《ほて》らせる。だが、髪を伝って頭皮に伝わる熱は、外側からというより内側から発生しているような気がした。

「……あっ……」

その熱さに負けて、切なげな声が喉《のど》から漏れる。咄嗟《とっさ》にとはいえ、生まれて初めてそんな色っぽい声を出してしまい、久瑠美は動揺から拓磨を強く突き飛ばしてしまった。

「あっ……すみませ……」

乱暴なことをしたと気づいてハッとする。しかし久瑠美が思うほどダメージはなかったらしく、拓磨の身体は静かに離れていった。

直後、強い焦燥感《しょうそうかん》に襲われる。なにに対しての、どんな感情からかはわからない。いきなり抱きこまれたことに対する恥ずかしさなのか、仮にも上司である彼を突き飛ばしてしまったという気まずさなのか。

彼のぬくもりに不覚にも心地よさを感じ、遠ざけてしまったことへの寂しさなのか……

「すみません……あの……」

動揺を隠せないまま、きょろきょろと顔を動かす。意味もなく髪を手で押さえ、久瑠美は少しずつ後ずさる。

睨《にら》まれているのではないか。呆れられているのではないか。そう考えると拓磨の顔が見られなくて、なぜか涙がにじんだ。

「ありがとうございました、お、お疲れ様です！」

自分のデスクに腰をぶつけてしまう。ビクッと震えた久瑠美は、その勢いで拓磨に頭を下げた。

本当は、この場から逃げ出してしまいたいくらいだ。

しかし足が動かない。膝《ひざ》が震えて力が抜けそうになっている。

「ああ。じゃあ、先に出る」

大きく息を吐きながら言った拓磨が、ドアのほうへ歩いていくのがわかった。

彼が部屋を出ていった気配を感じ、久瑠美の身体からいよいよ力が抜ける。彼女は、その場にへなへなと座りこんでしまった。

静かな室内で、自分の鼓動だけが耳に響いている。とくんとくんと速いスピードで脈打つそれは、いつもの鼓動の乱れと同じなのに、どこか違うようにも感じた。

顔が熱い。両手を頬にあててから、久瑠美はその手で自分の両肩を抱く。

拓磨に掴《つか》まれた左の肩口がジンジンと痺《しび》れている。それを止めたくて手のひらで包むが、彼の手の感触を思いだすだけだった。

「なんなの……」

自分の反応に戸惑う声は、今にも泣きそうに聞こえる。

「なんなのよ……これ」

密着した身体の感触と、伝わってきた体温が、なかなか消えてくれない。

ふわりと感じた甘くて清涼感のある香りは、執事モードのときと同じだ。

執事モードの拓磨には抱き上げられたことも、転びそうになったところを支えられたこともある。それなのに今は、そのとき以上に鼓動が騒いでいた。

――体温を感じるくらいくっついて、もっとベタベタさわれ。

まさか、自分から「さわれ」と言ってくるとは思わなかった。大きな溜息をついていたし、イヤがっているとばかり思っていたのに。
自分の肩を抱いたまま項垂《うなだ》れると、髪の毛が顔にかかる。綺麗な髪だと言われたこと
や、頭部に感じた吐息の熱さがよみがえり、また顔が熱くなってきた。
（専務の手、大きくて気持ちよかった……）
頭を撫でられたときのゾクゾクとした感触を思いだす。その感覚が背筋を伝って、お
尻のほうにまで落ちていったような気がした。
もじもじと腰が動き、わけのわからない羞恥心《しゅうちしん》が生まれる。
「やだ……、こんなの……」
こんな状態になるのは、生まれて初めてだった。

＊＊＊＊

「専務、ちょっとよろしいですか」

駐車場用エレベーターの前で、拓磨は追い駆けてきた秘書課の課長に呼び止められた。

振り向くと、彼が不思議そうな顔をする。

「具合でも悪いんですか？　吐き気でも？」

「ん？　いや……」

言われて初めて、自分が片手で口を覆《おお》っていることに気づく。しかし、この手を外すわけにはいかないのだ。

外せば、このニヤつきそうな口元を見られてしまう。

「なんでもないよ。それより、なにか用か？」

口元を見られないよう前を向き、覆《おお》っていた手を外すと、その手をエレベーターの呼び出しボタンへ伸ばす。急いでいるのかと思ったらしく、課長は早口で言った。

「明日なんですが、笹山さんの三ヶ月お疲れ会をするので、専務もどうかなと思いまして」

「三ヶ月お疲れ会？　歓迎会とは違うのか？」

「歓迎会は入社二週間目のときにしているので……」

「そうなのか？　初めて聞いたな」

いつの間にそんな集まりがあったのだろう。初耳だったので、それをそのまま口にしただけなのだが、課長は目に見えて気まずそうな顔をした。

当時はまだ秘書として連れて歩く前だったたし、歓迎会に誘ったところで来るわけがないと思われていたに違いない。確かにその話を聞いていたとしても、勝手に今のうちに浮かれていろ、としか思わなかっただろう。

――けれど、今は……

「そうか……、もう三ヶ月もたっていたんだな」

拓磨が普通の口調で言うと、へそを曲げたわけではないとわかったのか、課長はホッとした様子で話を続けた。

「はい、とても頑張っているようですし、激励の意味もこめて……とは言っていますが、部署の飲み会にひとつ理由を付け足した感じです。それで、明日の十九時からなんですけど、場所が……」

課長から時間と場所を聞いたところで、拓磨は触れているだけだった呼び出しボタンを押す。

明日は土曜日だが、アパートに押しかけようと思っていた。今まで土日に訪問したことはなかったが、なんとなく、行きたくなってしまったのだ。

だが、久瑠美は三ヶ月お疲れ会の話など一切していなかった。休みの日に拓磨が来ることは想定していないらしい。

(俺は、行く気満々なんだがな)

正直イラッとした。来ないだろう、と思っているということは、休みの日まで会うつもりはない、という意味にもとれる。

そして、そんなふうに考えてしまう自分にもまた、拓磨はイラついてしまう。

(なにを考えているんだ、俺は)

自分の気持ちを制御できない拓磨の後ろで、課長は呑気《のんき》に話を続けた。

「今回の飲み会、少し大人数になりそうなんですよ。営業とか総務とか、土木事業部のほうからも参加したいっていう者がいて。いやぁ、笹山さん、かなり注目されていますよ～。なんたって専務の秘書として三ヶ月も続いているんですから、本当にすごいです。他部署の人間も、そんな根性のある女性なら、一緒にねぎらってあげたいっていう気持ちなのかもしれませんね」

「……そうか」

他部署の人間も大勢来るなら、上司として顔くらい出したほうがいいだろうか。そう思い、都合をつけておくと返事をしようとした。だが、そこでエレベーターのドアが開き、反射的に乗りこんでしまう。

その耳に、課長の余計な一言が聞こえた。

「と、いうのは建前かもしれませんよ。笹山さんは仕事ができるようだし、明るくてかわいらしいから、声をかけたい男も多いでしょう」

返事をしないまま、拓磨は唇を引き結ぶ。彼が振り向くこともできないうちに、気を利かせた課長にドアを閉められてしまったのである。

「お疲れ様でした。よろしければ明日、お待ちしておりますので」という挨拶《あいさつ》とともに。

――笹山さんは仕事ができるようだし、明るくてかわいらしいから、声をかけたい男も多いでしょう。

自分の眉が寄っていくのがわかる。この顔を【和茶枇】のオーナーに見られたなら、苦笑いしながら眉間《みけん》を指さされることだろう。

（なぜ、こんなに苛立《いらだ》つんだ）

さっきまではいい気分だった。心が浮き立ち、嬉しささえ感じていたのだ。

その原因となったものが脳裏に浮かぶ。

――真っ赤になった白い頬、困ったように揺れる瞳。その目はかすかに潤《うる》み、どうしたらいいのかわからないと訴えていて……

ゾクッとするほどかわいく見えて、胸の奥のなにかが動いた。

最近の久瑠美は拓磨に慣れようと必死で、その成果が出たのか、彼が執事モードで微笑みかけても戸惑わなくなっている。その事実に、拓磨はすごく苛立《いらだ》っていた。

修業なんてしなくていい……

あんなこと、もうするな。

心の中で、ずっとそう思っていた。

だが先日のコーヒーショップでの一件が、思いだすたびに拓磨の心を弾ませる。秘書がボスのことを気遣っての行動……と思えば仕事の一環でしかないが、どことなく、拓磨個人に対しての気持ちであるように思えたのだ。

ほんの二十分足らずの時間だったが、執事モードのときとはまた違う雰囲気で話ができ、乾いた心が潤《うるお》った。

訪問先のオーナーが久瑠美を褒めてくれたことや、眉間《みけん》のしわが消えているとからかわれたことで、さらに気持ちが上昇した。

拓磨は不思議だった。

秘書を褒められて喜ぶなんて、初めてではないだろうか。……しかもそれが、これまで遠ざけていた女性の秘書だということに、戸惑いを覚えてしまう。

そんな不可解な感情が、久瑠美に接するうちに、どんどん増えていっている。彼女の行動や、その姿から目が離せなくなっていた。

そこでエレベーターのドアが開く。駐車場特有のひんやりとした空気に包まれるが、拓磨の心はわずかに熱を持っていた。

右手をキュッと握り、久瑠美の肩を抱き寄せたときの感触を思いだす。

いつもの修業の話を出されて、また苛立《いらだ》ちを覚えた。いつまでそんなことをするつもりなんだ？　自分に慣れようとするなんて、もうやめてほしい――

その苛立《いらだ》ちのまま彼女を抱き寄せたのだ。胸の中に抱いて、髪に触れて、その存在を感じ……。感情が昂《たかぶ》り始めたとき、頬を染めた彼女を目の当《ま》たりにしてしまった。

もっと動揺させたいと、不埒《ふらち》な感情が湧き上がる。

「お疲れ会……か」

車のドアを開けて乗りこむ前に、無人の助手席が目に留まる。課長の言葉に苛立《いらだ》った自分を思いだし、拓磨は眉を寄せた。

明らかに……久瑠美を意識しすぎている。

こんな感情に囚《とら》われるなんて、予想もしていなかった。

＊＊＊＊

限りなく気まずくなった気がしたので、今夜は来ないんじゃないかと思っていた。

しかし久瑠美が帰宅すると、いつもどおり彼は部屋で待っていたのだ。

柔らかな微笑みで「お帰りなさいませ」と口にし、さりげなく背中に触れ、手を取ってエスコートしてくれる。

ただ、いつもよりは会話が少ない気がした。少なくても別に構わないはずなのに、どこか物足りない自分がいる。

少し一人になりたくて、先に入浴させてもらうことにした。

いつもはいろいろと話しかけてくれるのに……やはり専務室でのことを引きずっているのだろうか。そう思うと、気まずさばかりが大きくなる。

明日のお疲れ会のことを話さなくてはならないし、土日は来ないと思っていいのかどうかも確認したい。それなのに、なかなか口に出せなかった。

(でも言わないと……。明日は……来ないとは思うけど)

入浴後パジャマに着替え、髪の毛をタオルで挟んでパンパンと軽く叩く。細くて柔らかい髪質なので、こうしておくだけでわりとすぐ自然乾燥するのだ。

髪を梳《す》いてリビングへ入ると、キッチンから執事モードの拓磨が出てきた。

「マスカットが冷えておりますよ。お剥《む》きいたしましょうか？」

彼が持つ綺麗なクリスタルの皿には、色鮮やかな大粒のマスカットがひと房のっている。いかにも新鮮ですと言わんばかりに輝いていて、見るからに美味《おい》しそうだ。ひとつひとつ紙で包装され、化粧箱に入った状態で売られているものではないだろうか。

「大丈夫ですよ。そのまま皮ごと食べられそうですし」

執事というものは、マスカットの皮まで剥《む》いてくれるものなのか。驚きつつも遠慮すると、彼はにこりと微笑んで久瑠美の背に片手を添え、ソファのほうへ促《うなが》した。

「おっしゃるとおり、皮も食べられますよ。ちょっと噛みついただけでプリッと弾けます。とても甘くて瑞々《みずみず》しいマスカットです」

「よく知っていますね。青果店の店員さんにでも聞いたんですか？」

「まさか。実際に毒味をして確認いたしました。……ああ、つまみ食い、ともいいますね」

ちょっとおどけた言いかたに、つい笑いがこみ上げる。さっきまで気まずさを感じていただけに、この雰囲気が余計に嬉しかった。

ソファに座ると、目の前にマスカットの皿が差し出される。

「おひとつ、かじってみますか？」

「はい」

びっしり詰まった房の中から、一粒つまむのもひと苦労だ。なんとか一粒もぎとって、真ん中に歯を立ててみる。丸ごと口に入れてもよさそうなものだが、大きさ的に噛むのが大変だろうと思ったのだ。

歯を立てた瞬間、びっくりするほど果汁が飛ぶ。久瑠美は慌てて両手で口を押さえた。

結局、一粒丸々口の中へ入れてしまったが、やはり大きくて喋《しゃべ》ることもできない。久瑠美は頑張って少しずつ噛み砕いた。

「……ンッ！」

脚になにかが触れて、ピンッと攣《つ》るように全身がこわばる。床に跪《ひざまず》いた拓磨が、久瑠美の片脚をマッサージし始めたのだ。

「……ぅ、くっ、せ、せんむっ」

久瑠美は慌ててマスカットを呑みこむ。まだ大きかったそれは、すんなりと喉《のど》を通ってくれず、久瑠美は手のひらで喉《のど》の下を叩いた。

そんな彼女とは反対に、拓磨は落ち着いている。

「一週間、お疲れ様でございました。入社されて三ヶ月がたちますが、秘書としてのお仕事は、なにかと大変だったことでしょう」

喉《のど》のつかえはとれたが、驚きのあまり声を出すことができない。

今の言葉は執事ではなく、専務として思ってくれていることなのだろうか。

……だとしたら、嬉しい。

無言で見つめていると、顔を上げた彼と視線が絡む。ドキリとした瞬間、柔らかく微笑まれ、胸がきゅんっとしてしまう。

「どうぞマスカットをお召し上がりになっていてください。私はおみ足をマッサージさせていただきますので」

「あ、……すみません」

「これで一週間の疲れがとれるとは思いませんが、少しでも気持ちよくなっていただけたらと思います」

「いえ、あの、今も気持ちいいですよ」

「本当ですか？　嬉しいです。——ちょっと、今の私には刺激的なお言葉ですが」

「え？」

意味がよくわからない。しかし軽く問いかけた声は、なかったことにされているのか、彼は口をつぐんだままマッサージを続けている。

力の入れ具合が絶妙で本当に気持ちがいい。手袋を外し、大きな手のひらで包みこむようにしながら揉まれると、彼の手の温かさが肌に沁《し》みてくるようだ。

「……ほんと、気持ちいい……」

軽く息を吐きながら呟《つぶや》くような声が出る。温泉に入ったときの第一声みたいだと自分でおかしくなるが、彼の両手がかすかにピクッと震えた気がして、どうしたのだろうと久瑠美は不思議に思った。

しかし、この雰囲気は実にいい。穏やかで、心がなごむ。久瑠美はこの雰囲気を利用して、聞きあぐねていたことを口にした。

「あの……専務は、これからも執事を続けるんですか？」

「続けますよ？」

即答である。執事モードだから素直に答えてくれたが、専務モードのときに聞いたなら「なんだ？　続けたら悪いのか？」と迫力ある脅しが返ってきそうだ。

「あくまで平日だけですよね？　あの……、仕事で疲れたわたしを癒《いや》してくれる……っていう名目だったし、土日は仕事もないですし……」

「今までは控えておりましたが、久瑠美様がよろしければ、土日も来たいと思っております」

これも即答だ。休みの日も会えると思うと無意識に胸が高鳴るが、そこまでしてもらっていいのだろうかという迷いも生まれた。

「久瑠美様にご予定があるのでしたら、言ってくだされればその日は控えますが」

「あ、それなら、明日は部署の飲み会があって……」

「存じております。三ヶ月お疲れ会、ですよね？　秘書課の課長が張り切っておりました」

どうやら知っていたらしい。もう片方の脚をマッサージし始めた彼を、久瑠美はジッと見つめる。

じゃあ彼は明日、ここへは来ないのだろうか。こうやって世話をやいてもらうことも、彼の存在を感じることもできないのだろうか。

（……寂しい）

不意に浮かんだ感情にハッとする。

なんてことを考えているんだろう。これではまるで……

いけない。彼に特別な感情を持ってしまえば、秘書を辞めなくてはならなくなる。

そんな事態は、絶対に避けたい。

しかし、確かに寂しいと感じてしまった。その気持ちは、久瑠美の中でどんどん大きくなっていく。胸の奥が締めつけられて、息が苦しくなってきた。

（どうしたの……わたし……）

自分に問いかけてみるが、そんなことをしなくても答えはすでに出ている。胸の奥に閉じこめてあるそれが、ひょっこり顔を出しそうで怖い。

出してはいけない。絶対に。

拓磨がこんなに優しいのだって、それが目的なのかもしれないのだから。

隠しているものがあふれそうな予感に、久瑠美の心は怯《おび》える。あふれたものを彼にすくい取られてしまったら、そこで終わりだ。

そんな考えをストッパー代わりにして、この感情を押しとどめようとした。

「久瑠美様？」

我知らず深刻な顔をしていたらしい。彼の凛々《りり》しくも綺麗な双眸《そうぼう》が心配そうに久瑠美を見つめている。

「どうされました？　なにか心配事でも？」

「あ……いぃえ……」

「……お疲れ会のあと、男性に強引に誘われたらどうしよう、などと心配なさっているのですか？」

予想もしていなかった言葉に、久瑠美は目をぱちくりとさせる。それは噂に聞く〝お持ち帰り〟というやつのことだろうか。

「秘書課の課長が楽しそうに話していました。笹山さんは明るくてかわいらしいから、他部署の男たちが参加したがって人数が増えた、と」

「え……、ええっ？」

そんな話は聞いていない。秘書課だけの飲み会ではなかったのだろうか。

「特に土木事業部の男には気をつけてください。押しが強いと評判ですよ。営業課も口の上手い者が揃っています。……久瑠美様がそういった誘いに慣れていて、断る術《すべ》に長《た》けているなら、かわせるレベルですけどね」

「そ、そんな、わたし……そんなの、誘われたこともないし……誘ったこともないから、そんなこと言われても……」

脚を揉む手が止まり、久瑠美を見つめる目がかすかに笑う。

「――だと思った」

カアッと頬が熱くなる。だと思った、とは、いったいどういう意味だろう。

考えられる可能性は、ひとつしかない。久瑠美は仕事ばかりで男っ気がなく、彼のような美丈夫《びじょうふ》のそばにいても気持ちのひとつも動かない、面白みのない女だと思われているのだ。

そう思うと悔しい。……いや、悲しい。

久瑠美は彼から目をそらし、意地を張るように言い放った。

「で、でも……もしそんなことになっても、大丈夫ですよ。……気のない人に誘われて、ついていくはずないじゃないですか」

「専務に慣れるための修業……なんて意味のないものを毎日やっている人がですか？　男慣れしていないのなら、誘われても上手く断れないのでは？」

久瑠美はグッと言葉に詰まる。馬鹿にしたような言いかたをされたことより、男性に免疫がないことがバレバレなのが恥ずかしい。

「久瑠美様は、仕事のことではしっかりしていらっしゃいますが、その他のことがおざなりだ。いい歳をして男の扱いかたもご存じない上、意外にずぼらなようですし」

「ず、ずぼら、って……。そこまで言われる覚えはありませんっ。部屋だってちゃんと片づけているし……」

「固定電話の留守電ランプは、どうしていつも点滅しているのです？」

「電話？」

目を向けた先にあるのは窓辺のコーナーラック。その上には固定電話が置かれ、伯父夫婦が心配してかけてきたのであろう着信のランプが点滅していた。

ほぼスマホだけで事足りているので、固定電話を置いておく必要もないのだが、大学生になって一人暮らしを始める際に、伯父が買ってくれたのだ。

その固定電話にかけてくるのは、伯父夫婦か他の親戚くらいしかいない。

「見るといつも着信ランプが点滅している。留守電のメッセージをこまめに聞いていないのでは？　保存されたメッセージの数もどんどん増えているようだ」

メッセージは聞いている。ただ、過保護な伯父夫婦からは毎日のようにかかってくるのだ。久瑠美に気を使っているのか、スマホにかけてくることはない。仕事をしている時間に固定電話にかけてきて、励ましのメッセージを入れておいてくれるだけ。

再生すれば留守電ランプの点滅は消える。しかし拓磨は久瑠美より先にアパートへやってくるため、その日に入ったメッセージのランプを目にしてしまうのだろう。

保存されたメッセージの数が増えているのは、伯父や伯母からのメッセージを消すのはなんだか忍びなくて、消さずに保存しておいてしまっているのだ。

それを、彼はずぼらなだけだと解釈したらしい。

いろいろ誤解されている。でも、それを事細かに説明する必要があるだろうか。

「……聞こうが聞くまいが、専務には関係ありません。……専務だって、重要でない電話は留守電にして放置してるじゃないですか」

我ながら、少々ムキになって返してしまった。だが、理由を説明したとして、「毎日電話で励ましてくれるとは、過保護な親戚だな。まったく、ガキじゃあるまいし」などと言われたくはない。

あの優しい人たちの気持ちを、踏みにじられるのはごめんだ。

だから拓磨のことを引き合いに出して、話を収めようとした。だが、彼はふっと口角を上げる。

「私はひとまず、かけてきた相手の確認だけはしておりますよ。貴女が電話番をしてくださっていたころは、リストを見て内容も確認した。相手すら確認しないまま放置してはいません」

反論の言葉が出なくなった久瑠美に、どこか冷たいトーンの声が降りかかる。

「もしかして、電話の相手は男ですか？　しつこくされて困っているから出られない……とか？　一人暮らしの女性には珍しくないことですが」

「そんなんじゃ……」

まったくの誤解だ。男関係で頭を悩ませたことなどない。ここで本当のことを言ってしまえばいいのかもしれないが、ためらいばかりが先に立つ。

……伯父夫婦の励ましは、久瑠美が秘書を続けたがっている理由のひとつだ。頑張り続けるための原動力になっている。

そんな気持ちを、この人はわかってくれるだろうか……。

「電話に出ないくらいで男を遠ざけた気になっているのですね。そのような人が、お酒の勢いで迫られたときに上手くかわせるとは思えませんが？」

「電話と違って相手が目の前にいるんだから、面と向かってきっぱり断ればいいだけです」

話がそれたことで、久瑠美は少しホッとする。しかし、やれやれとあからさまに呆れた態度を見せられ、またもやムキになりかかる。

が、その勢いもすぐに引っこんでしまった。

「では……、久瑠美様がそのときになって慌てないよう、ここで練習してみましょう」

久瑠美を見据《みす》える彼の双眸《そうぼう》は、とんでもなく真剣で……どこか艶《つや》っぽい。

鼓動が大きく高鳴り、頬がじわりと熱くなった。

「練習……？」

なんのことかわからないまま、久瑠美は彼の動きを目で追う。彼は立ち上がって片膝《かたひざ》をソファにつき、久瑠美に覆《おお》いかぶさって背もたれに押しつけた。

「専っ……！」

声を出そうとして言葉に詰まる。身体は固まり、緊張のあまりつま先が反った。

「ほら。こうして抱きつかれたら、どうするつもりですか？　壁に押しつけられたり、椅子に押しつけられたり。……説得してください、ほら」

「は……はなし……て……」

「イヤです」

きっぱりと言い切った唇が久瑠美の耳をくすぐる。そのままスーッと輪郭《りんかく》をなぞられた。

「ひゃっ……」

ビクッと身体が震え、咄嗟《とっさ》におかしな声が出る。どこか艶《つや》っぽさを感じさせる含み笑いが、鼓膜の奥まで響いてきた。

「なんて声を出すのです。男がつけ上がるだけですよ？　久瑠美ちゃんは顔もかわいいけど、声もかわいい、とかなんとか言って」

耳を食《は》むように彼の唇が触れ、くすぐったさにゾクゾクする。思わず「やぁ……」とか細い声が出てしまうと、彼は楽しそうな口調で言った。

「煽《あお》るのがお上手だ。ゾクゾクきますね」

「……ゾ……ゾクゾクって……」

それは久瑠美のことを言っているのだろうか。それとも彼のことなのだろうか。彼のことだとしたら、自分が感じているものとなにが違うのだろう。自分は楽しいどころか、未知の感覚に怯《おび》えているというのに。

「説得しないのですか？　相手は目の前にいますよ？」

そうは言われても、恥ずかしさが先行し、なかなか言葉が出てこない。

「や……やめてくださ……」

「どうして？　……イヤなの？」

少し甘い口調に変えられ、ビクッと肩が震えた。胸の鼓動が太鼓のように鳴っている。

「キミと、もっと親しくなりたいな……。いろんな意味で」

こんなシチュエーションもあるかも、と想定した上でのセリフなのだろう。しかし久瑠美にとってこれは演技ではなく、拓磨自身に言われているように感じられた。

そうすると体温が上がって、腰の力が抜けてしまう。

（やだ……どうしよう……）

自分の変化についていけない。頭では動揺しているのに、身体は彼の次なる行動を期待している。

彼の両手がソファの背もたれを掴《つか》み、左右どちらにも逃げ道がなくなる。まるで彼に囲いこまれているようで、久瑠美は戸惑いとともにおかしな興奮を覚えた。

「そんな期待するような顔しないで。むしゃぶりつきたくなるから……」

艶《つや》のある声とは、きっとこういう声のことをいうのだろう。耳孔《じこう》にその声を吹きこまれるだけでゾクゾクして、腰から上へ歯痒《はがゆ》さのようなものが駆け抜けていく。

「やっぁ……！」

「その顔……最高」

どんな顔をしているのかなんて自分ではわからない。コントロールを失った理性では、表情を自覚することはおろか、平静を装《よそお》うことなど到底できなかった。

「……ひゃっ……！」

それは短い悲鳴のような声だったが、どこか甘えるようなトーンを含んでいた。彼に食《は》まれていたほうの耳に、なにか温かなものが張りついたのだ。

一瞬なんなのかわからないまま、久瑠美は彼のほうを見る。彼の舌なのだと気づいたのは、それがぬらぬらと動き始めてからだった。

「ンッ……！　ぁ……やっ」

思わず肩をすくめるが、背もたれに置かれていた両手が久瑠美の頭を抱いた。より唇を密着させた状態で舌が耳孔《じこう》を嬲《なぶ》りだす。淫靡《いんび》な舌づかいを感じさせる音が鮮明に響き、濫《みだ》りがわしく鼓膜を犯していった。

「や……だ、やっ……ぁ……ハァ……ぁっ」

自分では一生懸命抵抗しているつもりなのに、なぜだろう……。彼の舌が余計に激しくなって、頭の中を掻《か》き混ぜられているような感覚に陥《おちい》る。

「ぁ……ぁっ、放し……やぁっ……」

声を出せば出すほど、舌の動きが妖艶《ようえん》さを増していく。どうしたらいいのかわからず、短い息を途切れ途切れに漏らしていると、彼の片手の指が、久瑠美の唇を無造作にいじり始めた。

「ここに食いついて、顎《あご》が外れるくらい貪《むさぼ》りたいな……」

優しげなトーンなのに猛々《たけだけ》しさを感じさせるセリフ。これも想定されるシチュエーションのひとつなのだろうか。

こんなことをされたら、どうするんだ？　と聞かれているような気がする。

（専務……なら……）

未知の感覚に翻弄《ほんろう》される頭で、久瑠美はひとつの真実にたどり着く。

――専務なら……。相手が専務だったのなら……、こんなふうに迫られても……

「専……務……、ぁっ……」

「イイ声だ……。指に吐息がかかるだけでも興奮する」

彼の指が、半開きになったままの唇をなぞる。ときにつまんでは、三本の指で優しく揉む。

それだけでもおかしな気分になるのに、指先で口腔《こうこう》内を探られ、舌を圧迫される。喉《のど》から腰に向かって甘い電流が落ちていき、耐え切れずにお尻がもじもじと動いた。

「そんなに煽《あお》らないで……我慢できなくなってしまうから」

煽《あお》るなと言われても無理だ。久瑠美にはもう抵抗する素振りもできない。

「そろそろ、本気で抵抗してください……。抵抗しないんですか？　黙っていたら、エスカレートするだけですよ」

「……あっ……！」

声が震えた。唇に触れていないほうの手が下りていき、久瑠美の脇を撫でさすり始めたのだ。それだけでなく、その手はパジャマの上から胸のふくらみを軽くなぞっていく。

「抵抗しなければ、好きなだけさわられます。言葉が出ないのなら、思い切り突き飛ばせばよいのでは？」

久瑠美は彼から顔をそむけたまま、ソファの座面に置いた両手を握りしめる。だが、すでに全身に広がっている疼《うず》きをどうにもできなかった。

まるで石になってしまったかのように身体が固まっている。感じるのは、彼の重みと、燕尾服《えんびふく》越しの体温と、吐息……そして、魔法みたいに不思議な感覚を生む、手や舌の余韻《よいん》。

いくら練習とはいっても、男性にこんなことをされるのは初めてだ。

無下《むげ》に押さえつけられ、身体をさわられるなんて、絶対にイヤなはずなのに……

「抵抗してください。思い切り突き飛ばせばいい。叩いたっていい。本当にイヤならば、股間のひとつでも蹴り上げればいいんだ」

なぜか、彼の声に焦りを感じた。だが、それを気にするほどの余裕がない。

「できま……せん……」

久瑠美は絞り出すように声を出す。握りしめた手には汗がにじんでおり、強く閉じた目が涙でじわっと潤《うるお》った。

「突き飛ばすなんて、できません……」

「どうして？　抵抗しないと……」

「専務……だから」

その言葉を聞いて、彼が久瑠美を腕の中から解放する。

「上司だから抵抗できないっていうのか？　自分を守るためなら、相手の身分など関係ないだろう」

彼の声は、少し苛立《いらだ》っているように思えた。口調も執事モードから、普段の拓磨のものに代わっている。

彼らしくない。そう思いながら、久瑠美は拓磨の言葉を否定した。

「上司だから、じゃないです」

「じゃあ……」

「専務だから……」

同じことだろう。そう言いたげな溜息が聞こえる。そこで、久瑠美は素直な気持ちを伝えた。

「専務にさわられても……イヤだ、って、思えなかったから……」

一瞬、拓磨が身をこわばらせたような気がした。だが、久瑠美はそのまま言葉を続ける。

「イヤじゃなかったから……突き飛ばすなんてできない……。イヤじゃないのに、本気で抵抗なんて……できない」

まぶたの中を潤《うるお》していたものが、あふれて頬を流れていく。

拓磨は今、どんな顔をしているのだろう。眉を寄せて不快な顔をしているだろうか。それとも、勝利の予感に口元をほころばせているだろうか。

見るのが怖い。いや、恥ずかしくて見られない。

やがて拓磨がソファから離れる気配がした。久瑠美はそこで固まったまま、顔を向けることもできずにいる。

「――今夜は、帰ります」

今さら執事口調に戻った彼が、早々に荷物を持って部屋を出ていくまで、五分もかからなかっただろう。

部屋を出る際、「……おやすみなさい」という声が聞こえたが、久瑠美は返事をすることができなかった。

部屋に一人になっても、久瑠美はソファから動けない。下まぶたに溜まっていた涙が、また一筋流れていく。

「言っちゃった……」

自分自身、気づかないようにしていたのに……

胸の奥でほんわり灯った温かな気持ち。それに気づいてしまえば、もう抑えられなくなるような気がしたのだ。

しかし、肌に沁《し》みこんでくる彼の感触や声、それらが与える未知の刺激に、抗《あらが》うことができなかった……

気づいてしまえば負けだ。それがわかっていたからこそ、気づくわけにはいかなかったのに。

一緒に仕事をするうちに、彼が自分勝手で高圧的なだけの人ではないのだとわかった。

仕事熱心で、心から尊敬できる人なのだということも。

本当は人に優しくできる人なのだということも。

ただひとつ、わかってはいけなかったのは……そんな彼に、自分が惹《ひ》かれ始めているという事実。

彼は最初の約束どおり、今夜のやりとりを証拠として、久瑠美に罰を下すだろう。

左遷《させん》するのか、自主退職を迫るのか……、いや、一方的な解雇もありえる。

「気づいた瞬間に……終わっちゃった……」

呟《つぶや》く唇が自嘲《じちょう》する。あまりにもあっけなく終わった恋に、久瑠美は笑いながら泣くことしかできなかった。

＊＊＊＊＊

車に荷物を積み、運転席に乗りこむ。

駐車場のいつもの場所。顔を上げれば、フロントガラスから久瑠美の部屋が見えた。

照明はまだ点《つ》いている。ちゃんと眠れるだろうか。マスカットを冷蔵庫に入れておくのを忘れたな、などと、いろいろなことを考える。

そんな中、拓磨は口元を必死に引き締めていた。

気を抜くと、笑顔になってしまいそうなのだ。

あまりにも、心が浮き立つようなことを知ってしまったせいで……

第三章

土曜日は朝から気が重かった。

……というより、起きる前から気分は最悪だった。

夢の中で拓磨に「さっさと消えろ」と言われて目が覚める、という泣きたくなるようなことがあったのだから。

「……最悪」

久瑠美はローテーブルに頭をのせ、力なくペタンと床に座ったまま、横にあるソファにぼんやりと視線を向ける。

かろうじて顔は洗った。ひとまずコーヒーを淹《い》れ……る気にはなれなかったので、冷蔵庫に入っていた缶コーヒーをマグカップに移してレンジで温めた。

……のはいいが、せっかく温めたコーヒーも飲まず、ローテーブルに突《つ》っ伏《ぷ》したまま動けない。

窓から射しこむ陽が、ここに座ったときより高くなっている気がする。どのくらいこうした状態でいるのだろう。コーヒーも冷めてしまったのではないだろうか。

窓の向こうにはフェンスがあり、商店の跡地を利用した駐車場が広がっている。拓磨には〝合鍵を簡単に作れるほど防犯意識の低い安アパート〟のように言われてしまったが、窓の前が大きく開《ひら》けているおかげで陽当たりだけは最高なのだ。

天気のいい日は一日じゅう、部屋の中が明るい。久瑠美はそれが気に入っている。

陽射しを浴びたソファを見ていると、昨夜のことを思いだす。

「専務……」

頭に浮かぶのは、執事姿で穏やかに微笑む拓磨。あの笑顔も優しさも、久瑠美に自分を意識させるためのものだと警戒していたはずなのに。

拓磨のことを知っていくうちに、他人を信用しない冷酷な人、という印象が変わり始め、やがて違う気持ちが芽生えた。

秘書を辞めたくないなら、彼を意識してはいけないと思い続け、意識しないように頑張ったのに。

……結局できなかった。

気づいた瞬間に終わった恋。そんな表現がぴったりだ。

のそり……と頭を上げる。ずっと頭を横に向けていたせいで首が痛い。テーブルにつけていた頬にも、おかしな感触が残っている。

久瑠美は首をぐるりと回し、頬を撫でさすった。

このままぼんやりしていたい気もするし、拓磨を想って泣いていたい気持ちもある。

しかし久瑠美には、別の問題が待ち構えているのだ。

それは週明け早々、解雇を言い渡されたらどうしよう……ということではない。

今夜の【三ヶ月お疲れ会】をどうしよう……ということだ。

あの専務のもとで三ヶ月も仕事が続いたことを祝ってねぎらう意味で、秘書課のみんなが企画してくれた飲み会だ。

それなのに久瑠美は、週明けにも秘書課を去ることになる……

左遷《させん》、とは言われていたが、クビになる可能性だってある。拓磨から出された〝秘書でいるための条件〟を守れなかったのだから、彼は張り切って罰を与えてくるに違いない。

「ひどいなぁ……」

つい苦笑いが浮かんでしまう。

本当に、なんてひどい人なんだろう。

あんなにも心を惑わせておいて、好きになったらさようなら、だなんて。

拓磨のことを考えると、また心が沈んで涙が出そうになる。考えてはいけない。今考えるべきなのはお疲れ会のことなのだ。

そう自分に言って聞かせ、両頬をパンパンと手のひらで叩いて立ち上がる。百合に連絡するため、充電中のスマホを取ってこようとして、ふと考えこんだ。

お疲れ会を中止にしてもらおうと思ったのだが、当日になってそんなことを言うのはかえって迷惑だろう。

会場は予約済みのはずだし、聞いたところでは秘書課のメンバーだけでなく、他の部署からも参加者がいるようだ。だとしたら、かなりの大人数になる。

コース料理のプランを頼んであるのなら、食材の仕入れなどは済んでいるだろうし、急なキャンセルはお店にも迷惑がかかる。

久瑠美は立ったまま黙って考え、ひとつの結論にたどり着く。

——これは飲み会の場で、正直に謝るしかないのではないか……と。

百合に電話をしなくて正解だった。

お疲れ会の会場は高級なことで有名な【ラリューガーデンズホテル】で、一階にはディナービュッフェが人気のカジュアルレストランがある。そこを半分以上貸し切りにしてあるらしい。

参加者の数も、どうしてこんなに人がいるのだろう……と冷や汗が浮かびそうなほどで、見知らぬ顔がたくさんある。

平賀専務のもとで三ヶ月も続いた秘書、というのに、みんなよほど興味があるのだろうか。そう考えると珍獣にでもなったような気分だが、昨夜の拓磨の言葉を思いだすと、急にうろたえてしまう。

『秘書課の課長が楽しそうに話していました。笹山さんは明るくてかわいらしいから、他部署の男たちが参加したがって人数が増えた、と』

きっと、からかわれただけだろう。しかし会場に到着してからというもの、関わったことのない部署の、それも男性社員にばかり話しかけられて、久瑠美は内心動揺しっぱなしだった。

「二次会のことだけどさ、行きたい店じゃなかったら言いな。俺が好きなところに連れてってやるから」

この押しが強そうな人は、土木事業部の男性だろうか。

「女の子なんだから、おしゃれな場所のほうがいいよね？　カクテルとか好きかな？いいバーがあるんだけど」

朗《ほが》らかで口が上手そうなのは、営業課の男性だろうか。

拓磨の忠告を思いだして、警戒心から胸がドキドキしてしまう。

秘書という仕事に長くたずさわってきて、面識のない人と上手く会話をすることには慣れているし、得意だったはずなのに。

相手がくだけた口調で好意的に話しかけてくると、焦ってソワソワしてしまう。百合をはじめとする秘書課の女性たちがそばにいてくれるので、なんとか平静を保っていられるようなものだ。

問題なのは、すでにこれだけ精神的に落ち着かなくなっているのに、まだ十九時になっておらず、本格的に飲み会が始まる前だということ。

ここにお酒が入ってさらに盛り上がったら、自分はいよいよ大丈夫だろうかと不安になってきた。

（ぜ、絶対、岸本さんから離れないでおこう）

心ひそかに、頼りがいのある先輩――百合を心の支えにする。

「でも、本当によく続いたね。すごいじゃん。玉の輿狙《こし》いって感じでもないし、根性あるんだな」

挨拶《あいさつ》を交わしたばかりの男性社員が、感心したように口にする。同じようなことを思っていたのか、近くにいた他の数人もそれに続いた。

「以前は玉の輿《こし》狙いの秘書が多かったしな」

「あんなのばっかりあてがわれたら、そりゃあ秘書嫌いにもなるって。そう考えると、専務に同情するよ」

「男の秘書が来たと思ったら、いきなり自分の姉を紹介しようとして、数時間で叩き出されたこともあったし」

「いい男すぎるんだよ、専務は」

いつの間にか久瑠美そっちのけで話が盛り上がり、過去の事情を知る者たちのあいだで笑い声があがる。

そんな会話を聞きながら、拓磨が異常なほど秘書を嫌う理由がわかったような気がした。

真面目で仕事熱心な人だ。秘書と名がつくからには、自分の右腕になるくらいの仕事をしてほしかったに違いない。

けれど、彼のもとにやってきた〝秘書〟は、ことごとく期待外れで……

それが理由であるならば、彼が今まで秘書というものに幻滅してきたぶんも、自分が力になることで挽回したかった。

（専務……）

――それも、もう無理なことだけれど……

そうしているうちに、十九時になった。百合の近くにいれば大丈夫、などと考えていたが、百合は幹事の一人だ。当然、場を盛り上げる責任がある。

いよいよ乾杯、となったとき、彼女の手腕が発揮された。

『乾杯の前に、かわいい顔して実は超ツワモノかもしれない……と噂の専務秘書から、一言！』

その言葉と満面の笑みで、久瑠美にマイクを渡してきたのである。

もちろん、参加者たちの視線が久瑠美に集中する。「おおっ」というどよめきに一瞬ひるんだが、久瑠美はマイクをグッと握りしめ、唇を引き結んでごくりと喉《のど》を鳴らした。

――言うなら、今しかない。

自分が週明けに秘書を解任され、それを知った参加者たちに「せっかく三ヶ月お疲れ会までしてやったのに」と落胆されてしまうくらいなら。

『……本日は、ありがたくももったいない会を催《もよお》していただき、ありがとうございます。こ、こんなにたくさんの方々にねぎらっていただけるとは思わず、とても驚いております』

途中、わずかに詰まった部分はあるものの、ひとまず言い切ることができた。「笹山さんと休憩室でお茶できるくらい親しくなりたいでーす」「ずるいぞー、俺らとも仲良くしようねー」などと、ちょっとおどけた声も飛んでくる。

ここから見える限り、参加者たちはみんな笑顔だ。たとえ物珍しさからだったとしても、自分のためにこんなに大勢の人が集まってくれたのに……

そう考えると胸が痛い。しかし久瑠美はもう一度ごくりと喉《のど》を鳴らし、再び口を開いた。

『ですが、申し訳ありません……！　わたし、週明けにも専務の秘書を辞めなくてはなりません。……この会社自体を、退職するかもしれません』

専務の秘書を辞める、という言いかたでは、担当する上役が替わるだけだと思われるかもしれない。実際、そこまで話した段階ではあまり反応がなかった。しかし退職するかもしれないという発言で、参加者たちが一気に静かになってしまった。

かたわらでニコニコしていた百合も、驚きの形相に変わっている。すぐにでも「なに？　どういうこと!?」と掴《つか》みかかってきそうだ。

非常に気まずいが、言わなくてはならなかったことだ。久瑠美は渇いた喉《のど》を動かし、必死に話を続けた。

『本当にごめんなさい……！　決まったのが……昨日の夜で、なので、お疲れ会を中止にしていただくこともできませんでした……。ごめんなさい……ですから今夜は、わたしの三ヶ月お疲れ会なんかじゃなく、普通の飲み会だと思ってもらえたら……。勝手なことを言ってしまって……本当にすみません……』

最初こそ勢いよく声を出していたが、最後は弱々しい声に変わってしまった。自分がとても勝手なことを言っているような気がしてならない。

このお疲れ会は半分プライベートなものなので、みんな会費なりなんなりを徴収されているはず。お金を出してまで参加してくれた人たちに、ただの飲み会だと思ってくれとは、なんという言い草だろう。

「……あの専務じゃあな……しょうがないか」

どこからか、そんな声が聞こえた。

「三ヶ月はすごいって。よくやったよ」

「しかしなぁ、専務はどうして秘書をいびり出すようなことばっかりするんだろうな」

「特に笹山さんは、どう見たって今までと違うタイプなのにね」

ざわつきだした会場内から聞こえてきた会話に、久瑠美はハッとする。

このままでは、拓磨が悪者になってしまう。

『退職の原因は、すべてわたしにあるんです……！　専務に原因があるとか、そういうことは一切ありません。短いあいだでしたが、秘書としてすごく充実していましたし、勉強もさせていただきました。専務はとても素晴らしい方です！』

少し必死になりすぎたかもしれない。「あら、そんなに庇《かば》うなんて」という百合の呟《つぶや》きが聞こえて、またもや言葉が止まった。

（なんだか、おかしなことばかり言ってる？　もうどうしたらいいの……）

久瑠美は正直に言っているだけ。だが、すべて裏目に出ているような気がする。拓磨を悪者にしないために必要なこととはいえ、もっと上手い説明の仕方はなかったのだろうか。

喉《のど》が渇きすぎて、空気を呑みこむこともできない。手のひらににじむ冷や汗でマイクが滑《すべ》り落ちそうだ。

と、そのとき……

「――よくやってくれるし有能なのだが、それゆえ、失敗すると弱い」

場の空気を切り裂く、凛《りん》とした声が響く。誰もが声のほうへ目を向けるが、久瑠美だけは見ることができなかった。

この声に心を掴《つか》まれすぎているからだ。今起きていることが信じられなくて、これは幻聴ではないかとさえ思えてくる。

「典型的な優等生なんだ。誰かの期待に応えるためなら頑張れるし、根性もあるのに、予想外の出来事や気持ちには弱い」

予想外の気持ち、という言葉を出され、はた目に見てわかるくらい大きく身体が震えた。さらに声の主が目の前に現れ、幻聴ではないのだと決定づけられる。

「顔を上げろ、笹山。おまえのボスが目の前にいるんだ。落ちこんだ姿ばかり見せられるのは気分が悪い。――ボスの気分をよくするのも、秘書の仕事なんだろう？」

視界いっぱいに映る三つ揃えのスーツ。そのベストのボタンを下からひとつひとつ目で追い、趣味のいいネクタイを見上げて……久瑠美の心を惑わす綺麗な顔に行きつく。

「……専務」

ちょっとオドオドした声になってしまったかもしれない。涼しげな双眸《そうぼう》が、しょうがないなとでも言いたげに緩んだ。

手に持っていたマイクが取り上げられる。その湿り具合で久瑠美が冷や汗をかいていたことがわかったのだろう。拓磨は持ち手を眺めてふっと笑んだ。

そして参加者たちに向き直ると、マイクを使わずに話しだした。

「笹山がおかしなことを言っていたようだが、彼女が退職をする予定はない。もちろん、俺の秘書を辞める予定もない」

久瑠美は驚いて拓磨の後ろ姿を見つめる。久瑠美が動揺していると悟ったのか、しっかりしてというように肩に手を置いた百合が、拓磨の話に口を挟んだ。

「専務、ではどうして笹山さんは辞めるかもしれないなんて言いだしたんですか？　冗談でそんなことを言う人ではないでしょう？」

「さっきも言ったが、典型的な優等生思考なんだよ。自分の小さな失敗を、とんでもなく大ごとに捉えてしまう。昨日、笹山はちょっとしたミスをした。たいしたことはないが、本人はパニックになったんだろう。それで、責任をとって辞めなくてはならないと思ったようだ」

百合がホッと息を吐いたのがわかった。他の参加者の中にも安堵《あんど》の空気が広がり、「本当に真面目なんだなー」「びっくりしたぁ」などの声でざわざわし始める。

それを制したのは、拓磨の驚くべき一言だった。

「当然だが、俺の秘書の三ヶ月お疲れ会なんて開いてもらうのは初めてだ。……笹山をねぎらってくれて、ありがとう」

ざわめきが止まった……。

まさか拓磨が、秘書嫌いで有名な彼が、このような礼を口にする日が来ようとは。

いったい、誰が想像しただろう。

「……うわぁ～、なになに……そういう関係だったのぉ～？」

小声で呟《つぶや》く百合の口調は、なぜかウキウキしているように聞こえる。いや、確実にそうなのだろう。彼女は手を置いていた久瑠美の肩を、興奮気味にパンパンと叩き始めたのだから。

なぜ興奮しているのか、久瑠美にはよくわからない……。

「みなさーん、聞いてください！」

そこで大声を出したのは課長だった。今まで姿を見なかったが、どうやら拓磨と一緒に来ていたらしい。

拓磨の登場にばかり気を取られて、久瑠美以外の人もほとんど気づいていなかった。

「専務がですね、お疲れ会に参加してくれた皆さんの気持ちが嬉しいとおっしゃいまして、今回の費用を、すべてご負担くださいました。皆さんから集めた会費のほうは、後日お返しします！」

ぶわっと歓喜の声が湧く。そこで拓磨が一言付け加えた。

「コースに入っていない料理や酒も、どんどん追加注文してくれて構わない。もし人数が多すぎて、注文しにくい場合は……」

一度言葉を切り、久瑠美のほうを振り向く。そして凛々《りり》しい口元に笑みを作り、彼女を手で示した。

「俺の秘書に言ってくれたらいい。上手くまとめて注文してくれる。——な？　笹山」

急に名前を呼ばれ、久瑠美は反射的に「はいっ」と返事をしてしまった。

さらに盛り上がる参加者たちと、満足げな拓磨の顔を、信じられない思いで見つめ……

その驚きを隠しきれないまま、お疲れ会は始まったのである。

驚きと動揺から始まったお疲れ会は、それが収まらないまま終わった——

なぜか拓磨が、ずっと久瑠美の隣に陣取っていたからである。

そのせいなのかなんなのか、他部署の社員たちも、遠慮してなかなか話しかけてこない。お疲れ会が始まる前の馴れ馴れしさというか、フレンドリーさが、まったくなかった。

おまけに……

「上階のカクテルバーに、二次会の手配をしてある。みんな行って好きに飲んでくれ。社名を言えば案内してくれるはずだ。ただ、主役なのに申し訳ないが、笹山はこれから俺と約束があって二次会には出られない」

という拓磨の言葉で、久瑠美は二次会への不参加が決まってしまったのである。

「わっ、大胆なお持ち帰り宣言」

などと百合は言っていたが、お持ち帰りと言うよりは、お説教タイムと言ったほうが正しいだろう。

参加者たちに見送られて拓磨とともにレストランを出た久瑠美は、「話があるからついてこい」と言われ、彼の後ろを三歩下がって歩いた。

お説教どころか、これから受けるのは解雇通告かもしれない。

拓磨が歓迎会の席で、久瑠美はこれからも仕事を続けると言ったのは、場の雰囲気を壊さないようにしただけだ。

常にそばにくっついて、男性社員に話しかけられないようにガードしていたのだって、もしお持ち帰りされて後々面倒なことにでもなったら煩《わずら》わしいからだろう。

これから会社に戻って、そこで解雇を言い渡されるのかもしれない。そのまま私物をまとめて、もう二度と会社に足を踏み入れるな、とでも言われるのではないだろうか。

そんなことを考えながら拓磨の後ろを歩いていた久瑠美は、なにかがおかしいことに気づいた。

拓磨はホテルの出口へ向かうのではなく、はたまたタクシーの手配を頼むわけでもなく、エレベーターホールで立ち止まったのだ。

そのままエレベーターに乗せられ、何階なのか定かではないが、かなりの上階で降ろされる。

「待っていろ」

その言葉に従い、おとなしく待っていると、拓磨はフロントのようなところでなにかを受け取って戻ってきた。

「行くぞ」

「え……はい」

咄嗟《とっさ》に返事をして歩きだすものの、拓磨はどこへ行こうというのだろう。話し合いのためにに会議室を借りた……というわけでもなさそうだが……

「あの……専務？」

「なんだ」

「どちらへ……？　わたしはてっきり、会社にでも行くのかと……」

「おまえ……、ベッドよりも会社でするのが好きなのか？」

「は？」

なんだか意味深なことを言われた気がする。そう考えた瞬間、拓磨が振り向き、いきなり久瑠美の腕を引っ張った。

「あー、ったく！　横を歩け、横を！　目を離したら逃げていきそうでソワソワする！」

「ソ……ソワソワって……専務っ⁉」

急に引き寄せられて慌てたのも束の間、すぐ目の前にあったドアの中に押しこまれてしまった。

「あっ……ぁのっ」

なにがなんだかわからないまま腕を引かれて歩く。短めの廊下を抜けると現れたのは、デザイン性の高い、豪華な内装が施《ほどこ》された広い部屋。ここはなんだと考える間も与えられず、拓磨に引っ張られてさらに奥へと進んだ。

開けっぱなしのドアをくぐると、いきなり室内の照明が点《つ》き、久瑠美はギョッとしてしまう。

今横切ってきた部屋よりは小さいが、久瑠美が住むアパートよりははるかに広い。

そして中央に、見たこともないような大きなベッドがある……

壁一面を横長に切り取る大きな窓には、夜景が映し出されていた。クローゼットに、フラワーテーブル、暖炉風の飾り棚。ベッドの脇にはサイドテーブルと、複雑な形をしたチューリップのようなシェードランプがある。

──どこからどう見ても、これはベッドルームというものではないか。

それを呆然と眺めていると、いきなりベッドの上に身体を放り投げられた。

「きゃっ……！」

うつぶせになってシーツに沈む。その肌ざわりのよさとベッド自体の心地よさに、眠気を誘われそうになる──が、今はそれどころではない。

久瑠美は慌てて身体を起こし、ベッドに後ろ手をついて、かたわらに立つ拓磨を見た。

「せ……専務、ここはっ……」

「ロイヤルスイートルームの寝室だ」

平然と言い放ち、彼はネクタイをグイッと引いて首元をくつろげる。そして勢いよく上着を脱ぐと、そばに置かれている肘掛椅子にポイッと投げた。

「な、なぜ脱ぐんですかっ」

「自分の欲望のままに行動しようとしているだけだ。昨日から煽《あお》られっぱなしで、おかしくなりそうだからな」

「なんのことですか、それっ」

「それくらい察しろ、仮にも秘書だろう」

「でも、クビなんですよね⁉ クビついでに、なっ、慰《なぐさ》みものにもなるなんて、そんな約束はしていません！」

ベストを脱ぎかけていた拓磨の動きがピタッと止まる。わずかになにかを考えてから、彼は久瑠美に目を向けた。

当の久瑠美はといえば、やっと身の危険を察してガードを固めている。両膝《りょうひざ》をそろえて胸に引き寄せ、両腕で自分の身体を抱いていた。

まさしく、男に襲われる直前のシチュエーションだ。

だがそんな久瑠美の態度に、拓磨は納得がいかないらしい。眉間《みけん》を寄せてベストから手を離し、腕を組んで言った。

「わかった。じゃあ、風呂にでも入ってこい」

「……は？」

「風呂に入って温まれば気分も落ち着くだろう。行ってこい」

「は……ぁ、ぇと、あの……」

さっきの会話がお風呂とどう繋がるのかわからない。しかしお風呂に入ってひと息つけば、落ち着けるような気は……する。

（でも、ここでお風呂に入るのって……なんか……）

ここは高級ホテルのロイヤルスイートルームというものらしい。そんな立派な部屋に連れこまれ、入浴を勧められるのは、なんだかいかがわしいことの前触れ……のような気もした。

いろいろと考えすぎて動けなくなっている久瑠美に、拓磨の強烈な一言が飛んでくる。

「さっさと行かないと、服を着たまま湯船に放りこんで俺も一緒に入るぞ」

「行ってきます！」

勘弁してくれとばかりに返事をし、久瑠美はやっと身体を動かすことに成功する。だがベッドから下りようとした瞬間、ふわりと抱き上げられた。

「せっ……専務っ」

「一人にしたら、そのまま走って逃げそうだ。バスルームまで連れていってやる」

「逃げるなんて……」

「させないからな」

ギロッと睨《にら》むように見られて、身体が再び固まる。その状態でバスルームへ運ばれ、脱衣所で下ろされた。

拓磨はすぐに出ていったので、一人で入らせてはくれるらしい。ただ久瑠美が逃げるのを警戒しているようなので、脱衣所の外で見張っているかもしれない。

これはもう、おとなしく入るしかないようだ。

(お風呂のあとって、同じ服を着て出ていったらいいのかな)

アパートにいるときならパジャマに着替える。しかしここで就寝《しゅうしん》するわけではないのだから、今着ている服をまた着て出ていくべきだろう。

でも……。拓磨が久瑠美を抱くつもりでいるのなら、バスローブとか、タオル一枚とかで出ていったほうがいいのだろうか。

そう考えた瞬間、顔から火が噴き出しそうになった。焦るあまり、久瑠美は猛然《もうぜん》と服を脱ぎ捨て、さっさとバスルームへ入っていく。

足を踏み入れた瞬間、柔らかな香りが鼻腔《びこう》をくすぐる。

甘すぎず、ほんわりとした優しい香り。執事の拓磨がいつもブレンドしてくれるバスオイルの香りだ。

「……どうして？」

覗きこんだ浴槽の中からは、確かにおなじみの香りがする。それどころか今日はバラの花びらまで浮いていた。

偶然だろうか。だって、この部屋には彼と一緒に入ったのだ。彼がバスルームにこのような仕掛けをする時間なんてなかったはず。

そもそも、バスタブのお湯はいつ張ったものなのだろう。以前泊まったリゾートホテルでは、チェックインの予定時刻を伝えておくと、その直前に張っておいてくれたので、ここにも同じようなサービスがあるのかもしれない。

（でも、こんな立派な部屋をとるなんて……。どういうつもりなんだろう……）

クビにするつもりなら、直接会社に連れていき、さっさと手続きを済ませてしまえばいいのに。

ともあれシャワーで汗を流し、ゆっくりとバスタブに沈む。いつもと同じ香りで心を癒《いや》し、久瑠美はハアッと息を吐いた。

――自分の欲望のままに行動しようとしているだけだ。

拓磨の言葉を思い返すに、彼が久瑠美を抱こうとしているのは間違いない。

（わたしが……専務に気があるようなことを言ったから……？）

自分に気がある女なら、一回くらい抱いてやってもいい。そのくらいの軽い気持ちなのだろうか。それとも勝負に負けたのだから好きにさせろ、とでもいうのだろうか。

「……別にいいけどさ……」

考えれば考えるほど沈んでいく気持ちと一緒に、久瑠美もお湯の中に沈んでいく。そして口まで湯につかったとき、涙がじわりと浮かんだ。

気づいた瞬間に終わった恋だ。その恋心も仕事も全部捨てなくてはいけないのなら、思い出くらいはもらっておいてもいいかもしれない。

拓磨にさわられるのはイヤじゃない。今度はいつ、こんなふうに尊敬できて心から惹《ひ》かれる男性に巡り合えるかわからないのだ。

そんな人が、自分を求めてくれるなら……

心を決めてバスタブから出る。「よしっ」と一人気合いを入れてシャワーの前に立った。

壁に備えつけられたラックには、花柄のボトルに入った上品なバスアメニティが置かれている。有名な海外ブランドのものだと気づき、さすがは高級ホテルだなぁと一人納得した。

だが身体を洗うためのバススポンジなり、タオルなりが見当たらない。そういうものかもしれないと諦め、ソープを手に取ろうとしたとき、バスルームの外から声がかかった。

「久瑠美様」

（はぃ⁉）

思わずビクッと跳ね上がる。今の声と口調は、執事モードのときのものではないか。

「ボディスポンジをお忘れですよ。お洋服を入れるラックの横に、タオルと一緒に置かれていたのですが……お気づきになりませんでしたか？」

思い返せば、タオルの上に白い袋に包まれたなにかがのっていた。特に気にしていなかったが、それがスポンジだったらしい。

「す、すみません、気づきませんでした……」

久瑠美は苦笑いしたあと、ハッと思い至る。スポンジを受け取るとなると、ドアを開けなくてはならないのだ。

なくても大丈夫です！　と断ろうとした瞬間……背後のドアが開いた。

「しょうがない方だ。せっかくですから、私が洗って差し上げましょう」

「けっ、けっこうです、けっこうですぅっ‼」

久瑠美は慌てて振り返り、入りかけている黒い影を押し出そうとした。しかし、その服装がおかしいことに気づいて手を止める。

「遠慮なさらなくてもよろしいのですよ。ああ、こうして裸の久瑠美様に寄り添われると、なんだか照れてしまいますね」

拓磨は、いつもの執事姿になっていた。

口調だけではない。スタイルまで完璧なのだ。

「……この衣装、どうして……」

「お部屋にチェックインしたときに運んでおきました。夜は、久瑠美様の執事を務めると決めておりましたので」

「チェックイン……もしかして、事前に……？」

「いつもよりバスタブが大きいので、バスオイルも多めにいたしましたが、いかがでしたか？　本日はバラの花びらもご用意いたしました。お湯はタイマーを設定しておいたのですが、ちょうどいい時間にご用意することができてよかったです」

どうやら彼は飲み会の前にチェックインし、いろいろと準備をしていたらしい。

これでお風呂の謎は解けたが、問題はここからだ。

今、久瑠美は裸で彼に寄り添う形になっている。距離が近すぎて逆に身体は見えないだろうが、これ以上見られないようにするためには、この状態のまま彼を押し出すしかない。

「ス、スポンジ、ありがとうございます。手で洗おうかと思っていました」

拓磨の持つスポンジを取ろうとしたが、彼は久瑠美の手をかわして届かない位置に上げてしまう。

「おや、手で？　そのほうがお好みですか？」

「そういうわけではないんですけど、あの……出ていってくれませんか……」

「お断りいたします」

にっこり微笑みながらの否定に、久瑠美は困惑する。

「し、執事って、主人の言うことを聞くものでしたよね？」

「執事は奴隷ではありませんよ。ですが主人のミスをフォローするのも、執事の役目です。今回の場合は、ボディスポンジを忘れて上手く身体が洗えない主人をフォローしに来た、とでも思っていただければ」

「都合のいい理屈ですねっ」

反抗するものの、あっけなく押し返され、鏡とシャワーの前まで戻ってきてしまった。

「手のほうがいいようなので、手で洗わせていただきます。シャワーも出しますね」

「えっ……あのっ！」

シャワーは鏡の横についている。お湯が雨のように降り注いでくる中、久瑠美は彼の燕尾服《えんびふく》の襟《えり》を掴《つか》んだまま動けなかった。

動けば、身体が丸見えだ。

それより、このままシャワーを浴びてもいいのだろうか。久瑠美は裸だから問題ないが、彼はキッチリと燕尾服《えんびふく》を着ている。お湯がかかったらまずいのでは……と心配になる。

「ぬ、濡れちゃうから……」

「構いませんよ。いくらでも濡らしてください」

言っている意味が違う——と感じた瞬間、肩から背中までをじっくりと撫でられ、久瑠美の身体がビクビクと震えた。

「あっ……の、ちょっと……」

「ああ、申し訳ございません。手袋をしたままでしたね。久瑠美様の柔らかな肌には素手のほうがよいでしょう」

彼は濡れた手袋を外してズボンのポケットにねじこむ。そして手のひらにソープを取ってシャワーの湯を足し、久瑠美の背に撫でつけた。

「ぁっ……ゥンッ……」

両手で大きく撫で回され、指先で背筋をなぞられる。ゾゾッとした電流のようなものが駆け上がってきて、久瑠美の背が反るように伸びた。

「いいですね、そのお声。マッサージをしているときより刺激的だ」

「マッサージとは……違っ……ぁっ」

洗われているというよりは、ただ撫でられているだけのような気もする。ただ、ソープのせいもあるのだろうが、彼の手はとてもスムーズに動く。その手が腰からお尻の丸みにかけてをつるんっと撫でた。

「やぁっ……ん……」

「脚のマッサージをしているとき、どんな声を出されていたかお忘れですか？　甘くてとろけるような声をお出しになっていました。すぐそばであんな声を出されると、もっと出させたくなるのですよ……違う方法で」

「違う方法……やっ、ダメっ」

ビクッと身体が震え、伸びていた背が縮こまる。お尻の双丘《そうきゅう》を両手で円を描くように撫で回され、腰にじわじわとした痺《しび》れが溜まってきた。

「ダメ……ダメだってば……あっ」

「また、そういう声を出す」

脇腹から彼の手が上がってくる。そのとき身体をわずかに離された気がして、久瑠美は慌てて彼に密着した。

「これはまた大胆な」

「ち、違うのっ。離れたら見えるから……ぁの……」

人に見せられるほどスタイルがいいわけではないと思うし、見られた経験も見せた経験もないので恥ずかしい。

「では、正面から見なければ大丈夫ですね」

その直後、やや強引に身体を離され、くるっと回転させられる。あっという間に、彼に背を向ける形になった。

前を見られるよりは恥ずかしくない……と思ったが、久瑠美はとんでもない失敗を犯してしまったことに気づく。

正面の壁には鏡がついているのだ。曇り止め加工がされた高級な鏡には、久瑠美の裸体がハッキリと映し出されていた。

「綺麗な身体だ。想像していたとおりです」

もちろん、背後に立つ彼にも見えているだろう。ソープを足した彼の手は、腹部を横に撫でてから、さりげなく上へと移動してくる。

もうすぐ胸のふくらみに到達する。なんだか焦《じ》らされているような気分だが、鏡に映る彼は平然としていた。自分だけ慌てているのが悔しくて、久瑠美は動揺を隠すように言う。

「あのっ、びしょ濡れですけど、大丈夫なんですか？」

「それは、脱げ……ということですか？」

「そ、そうじゃなくて、服がダメになっちゃうかな、って」

「私は貴女の執事です。仕えるべき主人の前で肌をさらすわけにはまいりません。……とはいえ、久瑠美様がお望みでしたら脱ぎますよ？　その場合、ベッドへ行く手間が省けますが、入浴時間が二時間以上は延びるものと思ってください」

「ぬっ、脱がなくていいです！　もう、どうしてわざわざそんな恰好をしているんですかっ」

慌てる気持ちを隠しきれなくなってきた。彼の顔が久瑠美の頭に寄り添い、両手が胸の裾野《すその》を静かにたどる。そこを撫でられると、上のふくらみがたぷんと揺れた。

そんな光景も鏡で確認できてしまうのだから、余計に恥ずかしくて堪《たま》らない。

「理由が、お知りになりたいですか？」

「もちろんです！　だって、こんな場所まで来て……」

「私には大学時代、親しくしていた友人がおりました」

久瑠美の言葉が止まる。どうして執事の恰好をしているのかと聞いたのに、彼が関係のない話をし始めたように感じて、戸惑ったのだ。

「その友人の祖父が、温かい雰囲気のあるクラシックなカフェを経営しておりまして、私もよく訪れたものです。とても落ち着ける、いいカフェでした……」

その話と執事姿でいることが、どこで繋がるというのだろう。

「ンッ……！」

胸の丸みをつるりと撫でられ、ピクンと身体が跳ねる。横ではなく正面から撫でられたので、大きな手が頂《いただき》を擦っていったのだ。

胸のふくらみを何度もたどるように撫で、両側から寄せては揉み動かしていく。恥ずかしいやら、おかしな気分になるやらで、どうしたらいいかわからなくなってきた。

「そのカフェの客は、ほとんどが近所で暮らす高齢のご婦人方で、彼女たちの憩《いこ》いの場となっていました。ある日、そこで話題になったのが、『最近テレビなどで耳にする執事喫茶とは、どういう店なのだろう……』ということです。それを聞いて、友人をはじめとした地元の若者が数人、執事の真似ごとをして気分だけでも体験させてあげよう、という企画を立てました。実に楽しそうではないですか。私もすかさず仲間にしてもらいましたよ」

「……あっ……んっ、ンッ」

真面目に話をしてくれているのに、こんな声を出してしまって申し訳ないとは思う。しかし、仕方がないのだ。

胸のふくらみを洗う彼の手がしつこすぎる。洗っているというよりは、揉みしだいているといったほうがいいかもしれない。

大きな手が両方のふくらみを鷲掴《わしづか》みにしている。五指で掴《つか》まれ、ぐにぐにといやらしく形を変える胸が、鏡に映ってハッキリと見えるのだ。

「あっ……ダメ、ぁンッ……」

「もともとカフェだったそこが、即席の執事サロンになりました。ご婦人たちには大変ご好評をいただき、その後もサロンを続けることになったのです。ほとんどのメンバーが常連のご婦人方の孫で、私だけが違ったこともあり、まとめ役を務めさせていただきました。ただ……店の評判が口コミで広がり、それ目当ての方々が多く来店されるようになってしまった」

「それで……有名になっちゃ……った、ぁっ……んっん……」

きちんと言葉が出ない。揉まれる胸が熱くて、それが全身へと広がっていく。へその辺りがずくずくと疼《うず》いて、腰が焦れるように動いた。

「会員制にして入場を制限しました。もちろん写真撮影は禁止です」

それでも、こっそりと撮っていく者はいたのだ。——亜弥美のように。

「常連のご婦人方がくつろぎにくくなってしまったので、彼女たちには個室で対応しました。以来、私はほとんど個室担当だったのです」

特別なサービスがあったのではないか……と亜弥美が疑っていた件だ。その裏に、こんな事情があったとは。

「サロンで仕事をして、いろいろな人と触れ合ったあの日々……私にとっても大切な思い出です。ですがオーナーがお亡くなりになり、古いカフェだから人に譲《ゆず》るのも忍びない、ということで閉店せざるをえず……。最後の日に『楽しかった』『ありがとう』と常連のご婦人方に言われたときは、私のほうが泣いてしまいました……」

胸を揉み動かす手の力が弱まる。彼が寂しい気持ちになっているのだと悟って、久瑠美はドキリとした。

「おわかりいただけましたか？　私が、執事になった理由が」

「はい……。ありがとうございます……」

彼にとって、とても大切な思い出なのだろう。けれど、それを思いだすことは、別れの寂しさを思いだすことでもあるのだ。

拓磨が執事サロンのチーフだったと知ったときは、いかがわしいこともやっていたのかとか、大企業の跡取りがなにをやっているんだとか、勝手なことを考えたが……邪推《じゃすい》以外の何物でもなかった。

久瑠美は申し訳ない気持ちになってくる。しかし、そんな彼女の気持ちとは対照的に、彼はとても安心したように言った。

「久瑠美様に、おわかりいただけてよかった。……お優しい久瑠美様にならば、わかっていただけると信じておりました」

これがたとえ執事としての言葉であったとしても、彼にそう思ってもらえることは、久瑠美にとっても嬉しい。

そうしているあいだも彼の手は止まらず、長い指が両方の頂《いただき》を擦《こす》る。ぷくっと膨らんだ突起が、指の動きに合わせてふるふると揺れた。

「あっ、や、ンッ……ハァ……」

頂《いただき》から伝わってくる甘い刺激。揉み動かされるのとはまた違うピリッとしたそれを感じた瞬間、腰の奥がとろけるように思えた。まるで快感が連動しているかのようだ。

「こんなに硬くなって……。とても素直で、かわいらしい」

指三本で挟むように突起をつままれ、きゅっきゅと揉みこまれる。先端は硬くしこり、彼からの刺激を従順に受け取った。

「あっ……や、ぁんっ……」

「まるで赤く熟《う》れた果実のようだ。口の中で味わってみたいが、久瑠美様は私に見られるのが恥ずかしいとおっしゃるし……」

鏡越しには丸見えだ。しかし彼は執事として久瑠美の言いつけに従い、「見ていない」という態度を貫《つらぬ》く。

「口で味わうのは、専務の拓磨に任せようと思います。よろしいですね、久瑠美様」

決定事項の確認のように言われ、背筋がぞくぞくっとした。執事姿の彼に、逆に命令されたような気分になったのだ。

久瑠美がうなずくと、片方の手が乳房を離れて太腿《ふともも》を撫でる。

「ご快諾《かいだく》いただけたので、さっさと洗ってしまいましょう。私も、下半身に限界を感じ始めておりますので」

「え……あ、あの……」

太腿《ふともも》を撫でた手は内股へ潜《もぐ》り、他の部分と同じように、洗うという目的を持って動いていく。しかし、脚の付け根は滑《すべ》りかたが他の部分と違った。

……ソープとは異なるものが原因なのだと気づいて、久瑠美の羞恥心《しゅうちしん》が疼《うず》く。けれど内腿《うちもも》からは、ぬちゃぬちゃっと明らかに違う音が響いてくる。

後ろから彼の膝《ひざ》で股を割られ、脚が開いてしまった。そのことに動揺した久瑠美は、前のめりになって鏡に両手をついてしまう。

「この恰好もいいですね。実に刺激的だ」

「あっ……」

前のめりになったせいで、彼にお尻を突き出したような形になっていた。

慌てて腰を引こうとしたが、動くことができなくなってしまう。彼の手が恥丘《ちきゅう》の薄い茂みを撫でて、その先へ入ってきたのを感じたからだ。

「あっ、そこ……」

「かなり潤《うるお》っていますよ。それに、とても柔らかい」

閉じた花びらを、二本の指がぐにぐにと圧《お》すように動く。そこはこんなにも柔らかい部分だったのかと感じてしまうくらい、スムーズに嬲《なぶ》られているのがわかった。

薄い花びら越しに与えられる刺激で、その中に隠れた部分がざわざわと震えた。

「んっ……や、やぁん……」

鏡についた両手を握り、久瑠美は腰をヒクつかせる。

「ダメぇ……そこ、あぁ……やぁ……」

「やはり気持ちがいいのですね。刺激すればするほど、久瑠美様が感じていやらしい気持ちになった証拠がダラダラとあふれてくる。ほら……」

花びらを押し潰していた指がトントンとそこを叩く。痛みを感じる叩きかたではないのだが、あふれていた花蜜がぴちゃぴちゃと淫《みだ》らな水音をたてる。

その音はバスルームに反響し、さらに淫靡《いんび》さを増した。

「やっ、や……それっ、あぁん……ンッン」

「どこが一番気持ちよかったか、私に教えてください。背中？　腰？　やはり胸でしょうか？　とても素直に反応していましたからね。そんなに気持ちよかったですか？」

「あ、やぁっ……気持ちよかった、とか……やだぁ……」

恥ずかしくて堪《たま》らない。けれど、もっとしてほしいと心のどこかで考える自分もいるのだ。

（やだ……いやらしい……）

とは思うものの、そんなことを考えてしまう自分に気づいただけで、花びらの奥でじわっと花蜜が広がるのを感じる。

「さわっているだけで、昂《たかぶ》ってしまってしょうがない……。苦しいのに気持ちがいい。とても複雑な気分です」

「あっ……あ、ダメ……そんなに、しな……ああっ！」

彼もかなり興奮しているのだろう。胸のふくらみを掴《つか》んだ手は指のあいだから白い肉を盛り上がらせ、花びらを嬲《なぶ》る指の動きもどんどん強くなっていく。

あまりにもぐいぐい圧《お》してくるので、花びらの隙間から、とうとう指が秘園に潜《もぐ》りこんでしまった。

蜜にまみれた指が、久瑠美自身でさえ触れたことのない部分を上下に擦《こす》りたてていく。気持ちいいくらい滑らかに動くそれが、久瑠美を未知の快感へ追いこんだ。

「や、やだっ……へん……、やめ……あっぁあっ……！」

擦られる部分から生まれる快感と、胸の頂《いただき》をつまみ上げられる刺激が混ざり合い、一緒になって甘い衝動へと変わる。

それを弾けさせたくて、久瑠美は無意識に指で鏡を掻《か》いた。

「ダメっ……ダメなのぉ……へんにな……あぁ！」

「いいのですよ。達してください。……ああ、とてもかわいらしい顔をされています」

彼は鏡で見ているのかもしれないが、久瑠美はもうなにも考えられなくなっている。

下半身からせり上がってくる快感に全神経が集中し、ひときわ強い衝動を感じた瞬間――上半身が反るように跳ね上がり、内股がヒクヒクと痙攣《けいれん》した。

「あぁ……やぁぁんっ――――！」

力が抜けてしまう。秘部と胸から手を離した彼が、久瑠美の腹部に両腕を回し、ゆっくりと床に座らせてくれた。

「久瑠美様……」

彼は目の前に跪《ひざまず》き、快感で泣きそうになっている久瑠美の顔を見つめる。鏡越しではなく前から見られているのに、身体を隠す気力も今の久瑠美にはなかった。

「下半身がつらくて限界です。平賀拓磨に戻ってもよろしいですか？」

「……専務に……？」

「はい。平賀拓磨に戻れば、貴女を存分に愛せる」

久瑠美は身体をのろのろと動かし、両手を伸ばして彼に触れようとする。

「……戻って、ください」

伸ばした手が頬に触れると、彼は久瑠美の手を包むように握って目を閉じた。

そして次に開いたとき、その目つきと口調ごと、彼は拓磨に戻っていた。

「俺に戻ったら、どうなるかはわかっているな」

「はい……」

久瑠美の手を放し、拓磨はシャワーを止めて燕尾服《えんびふく》を脱いでいく。よく考えてみれば、こんな高級そうな衣装を平気でべちゃべちゃにするとは、なんて人なんだろう。

……そうは思えど、今はそんな行動さえ、愛《いと》しく感じる……

やはり自分はこの人に惚れてしまっているんだ。それを実感しながら、久瑠美はその場に脱ぎ捨てられていく衣服を見つめた。

「……わたしは……賭けに負けました。専務が出した条件をクリアできなかった……。専務を意識しないことなんて、簡単だと思っていたのに……。わたしには、なにより難しいことでした」

伏せ気味にしていた久瑠美の視界に、スラックスがブレイシーズごと落ちてくる。彼が下着も脱いだ気配を感じて、ドキリと鼓動が跳ねた。

「だ、だから……いいんです……。負けたんですから……。惚れたんなら一回くらい好きにさせろ、とか、生意気な女を解雇するだけじゃ気が収まらないから、とか、そういう理由でも……わたし……」

視界に裸の脚が入ってくる。またもやドキリとした瞬間、真上からシャワーを浴びせられた。

「きゃっ！　な、なっ、なんですかっ……！」

久瑠美は驚いて顔をそらす。すると顎《あご》を掴《つか》まれ、グイッと前に戻された。

「おまえはっ……、俺をどれだけひどい男にしたいんだっ」

怒ったような、呆れたような口調で言い、拓磨は大きく息を吐く。そのあと、まだソープの跡が残る久瑠美の身体をシャワーで流し始めた。

「惚れた弱みで一回ヤらせろ、だの、嫌がらせで嬲《なぶ》り倒してやろう、だの……なんだそれは。どこの悪党だっ」

「そ……そこまでは……」

表現が大袈裟《おおげさ》になっていて、久瑠美は引いてしまう。その言いかたでは、さすがに鬼畜だ。

「好きになった女にそんなことをするわけがないだろう。おまえを抱きたいのは、純粋に滾《たぎ》る性欲ゆえだ」

驚くような言葉をふたつ聞いた気がする。性欲云々《うんぬん》も驚くが、もっと気になるのはサラリと言われたもうひとつの言葉だ。

――好きになった女……

「専……務……？」

サラリと言われすぎて、なんだか信憑性《しんぴょうせい》に欠ける。その言葉の意味を、きちんと確認したかった。

でも……問い質すことなんてできない。

見開いた目で拓磨を凝視《ぎょうし》していると、その顔にシャワーをかけられた。久瑠美は思わず目をつぶる。

「せっ、せんむっ」

「うるさい。そんな、信じられないとでも言いたげなアホ面《づら》するな。勝ち負けじゃなくて、痛み分けなんだよ。おまえの世話をしているうちに、気を引こうと必死になっているうちに……おまえしか見えなくなっていたんだ」

お湯を顔から払って目を開けると、ちょっと照れてはにかむ拓磨がいた。

久瑠美は一気に頬が上気するのを感じる。顔をそらそうとしたが、またもや顎《あご》を掴《つか》まれ、視線を固定させられた。

「好きだ」

「……専務」

「だから、おまえを辞めさせる気はない。俺のそばから離す気もない。わかったな」

言葉が出ない。なにを言ったらいいのかわからない。だが拓磨がとても真剣な眼差しで見つめてくるので、久瑠美も視線を外せない。

「はい……」

消え入りそうな声で返事をして、拓磨を見つめ返した。

「久瑠美」

名前を呼ばれてドキリとする。拓磨の顔が近づいてきて、久瑠美は反射的にまぶたを閉じた。

唇が重なり、強く押しつけられて息が止まる。ドキドキと高鳴る心臓をかかえた胸が、壊れてしまいそうなほど熱い。

拓磨に好きだと言ってもらえたことは嬉しい。けれど信じられないのだ。

またこの人に意地悪をされているんじゃないかと、ひねくれたことを考えてしまう。

「久瑠美、おまえは？」

少し唇を離して、拓磨が問いかけてくる。

「俺が、好きか？」

そんなこと、昨日の時点でわかっているはず。なんの確認なのだろう。

うっすらとまぶたを開くと、シッカリと彼女を見つめている拓磨の眼差しと出会う。

こんな至近距離で目を合わせてしまったというのに、気まずさも戸惑いも、なにも浮かんでこなかった。

浮かぶのは……。

「……好き……です」

その思いと、愛《いと》しさと、もうひとつの気持ち。もっと見つめられたい、もっと見つめたいという、我儘《わがまま》な気持ちだ。

「好きです……、専務」

「……こんなことになって、すみません……。でもわたし、誰かにこんなこと言うの、初めてだから……。言えて、嬉しい」

胸がキュンっと締めつけられるというのは、きっとこんな感覚なのだろう。苦しいのに、心地いい。そしてなんだか、くすぐったい……。

「おまえは……、本当にゾクゾクくることばかりやってくれるな……」

拓磨の双眸《そうぼう》が、ちょっと困ったように笑んだ気がした。顔が離れ、またもや彼に抱き上げられる。

「せ、専務？」

慌てた声をあげる久瑠美に苦笑いをして、拓磨はバスルームを出た。そのまま寝室へ向かって歩き出す。

「なんだ？　抱き上げるのは初めてじゃないだろう？」

「あの……裸、だから……」

肌と肌がこれほど密着するのは初めてだ。今さらではあるが、久瑠美は両腕を交差させて胸を隠し、太腿《ふともも》をキュッと閉じ合わせた。

バスルームにいたせいもあるだろうが、触れ合う肌が温かい。いつも力強いと感じる腕は筋肉の硬さまで感じられ、さらに頼もしく思えた。

「久瑠美……」

だがベッドのそばまで来てあることに気づき、久瑠美は慌てて口を開く。

「せ、専務、まだ身体を拭いていません。ベッドが……シーツが濡れちゃいます！」

「構わん」

「でも、専務……」

「くどい」

拓磨が久瑠美を寝かせて上に覆《おお》いかぶさってくる。とはいっても両肘《りょうひじ》と両膝《りょうひざ》をついた状態なので、さほど密着感はない。

こういうときはベッドが濡れるとか汚れるとか、気にしてはいけないものなのかもしれない。そう思いつつもうろたえる久瑠美の髪を、拓磨は優しく撫でた。そして、しょうがないなと言いたげに、ひたいをこつんと打ちつける。

「久瑠美、俺の名前は？」

「平賀……拓磨専務です」

「専務は名前じゃないし、ここは会社じゃない」

「あ……」

要は「専務」と呼ぶな、と言いたいのだ。しかしそれなら、「平賀さん」とでも呼べばいいのだろうか。

彼は「久瑠美」と呼んでくれている。……なのに、「平賀さん」ではおかしいような気がした。

「まあいい。呼びづらいのなら、無理やり呼ばせてやる」

「えっ……あっ」

開き直ったかのような楽しげな口調に戸惑う。拓磨の唇が首筋に落ちてきて、同時に片方の胸のふくらみをキュッと握られた。

ピッタリと密着した手が、白い柔肉を揉みしだく。先程も同じようにされたはずなのに、ソープがないせいか、それとも場所のせいなのか、感じかたが違う。

「約束どおり、食べさせてもらうかな」

「……約束？」

とは、なんだったか考えようとした直後、首筋にあった拓磨の唇が胸に移動する。もう片方のふくらみを中央へ寄せ上げた彼は、その頂《いただき》をパクリと咥《くわ》えた。

「あっ……ンッ」

執事姿で身体を洗ってくれているとき、ここに食いつくのは専務の拓磨に任せてくれ、と言っていた。それを今実行されているようだ。

咥《くわ》えられた頂《いただき》から、なんともいえないくすぐったさが広がっていく。

さらに舌を使って舐め回されているのもわかる。小さな粒を舌で弾かれると、特別な刺激が生まれた。

バスルームで愛撫《あいぶ》されたときと同じだ。頂《いただき》を刺激されると、同時にへその奥がずくずくと疼《うず》く。

「あっ、あっ……や、だぁ……」

胸がドキドキしすぎて苦しい。自然と開いた口からは、吐息と一緒に甘えた声が漏れた。

「イイ声だな……。仕事のときと全然違う。もっと聞かせてくれ」

久瑠美のたどたどしい喘《あえ》ぎに煽《あお》られたらしい。拓磨は再び頂《いただき》を咥《くわ》え、今度はじゅっじゅと音を出して吸いついていく。鷲掴《わしづか》みにした乳房を揉みこみ、ぷくりと膨れた先端を指の腹でこね回した。

「ハァ……あっ、や、胸……あぁん……」

指で嬲《なぶ》っていたほうの頂《いただき》にも吸いつき、ちゅぱちゅぱ吸いたててくる。吸いついては舐め回され、そこから伝わってくる刺激に、久瑠美の喘《あえ》ぎは止まらない。

「やっ……やぁん……ダメェ……あっぁ」

胸を刺激されると、こんなにも全身が疼《うず》くものだとは。胸から下半身へ下りていく熱にもどかしさを感じる。腰に焦れったさが溜まって、久瑠美は腿《もも》を閉じ合わせたまま、足の裏でシーツを擦る。

「ダメっ……胸……、そんなにしちゃ……あぁ、アンッ」

「真っ赤になっていてかわいいぞ。ほら」

ほら、と言われて、反射的に目を向けてしまった。

左右から寄せられた胸は、こんもりとした山を作り、先端が強調されてやけに尖り勃《た》っている。

その果実は色濃く熟《う》れ、繰り返ししゃぶられたせいか、唾液に濡れて艶《つや》を放っていた。

そこを厚ぼったい舌でぺろりと舐められる。舐め回されて形を変え、舌先でぐりぐり押し潰された。

それをする拓磨の表情がまた、ゾクゾクするほどエロティックなのだ。

「あっ……あ、もう、それ、ダメェ……」

ずくずくと腰の奥が疼《うず》き、熱い蜜がとろけて下半身が濡れていく。執事な彼にバスルームで達するまで攻められた花園が、そのときの感覚を久瑠美に思いださせていた。

「あ……ンッ、へんになっちゃ……う……、あぁん」

下半身に感じるむず痒《がゆ》さを、どうしたらいいのかわからない。胸に与えられる快感に触発されて、秘められた部分が我儘《わがまま》になっているのがわかった。

さわって、さっきみたいに感じさせて、と……

「あっあ、専……ンッ、胸……もぅ、あぁっ！」

専務と呼びそうになって途中で止める。しかし、どう呼ぶのが最適かを考えられないまま、胸への愛撫《あいぶ》に翻弄《ほんろう》された。このまま続けていたら、ここをさわっているだけでイけるんじゃないのか？」

「気持ちよさそうだな。このまま続けていたら、ここをさわっているだけでイけるんじゃないのか？」

「や……やだぁ……そんあ、な、ぁ……」

下半身の疼《うず》きが大きくなってくる。秘園を熱い舌で嬲《なぶ》られるたび、そこがしとどに濡れそぼって、閉じた花びらから蜜がにじみ出ていく。

「やっ……こん、な……あぁっ」

内腿《うちもも》を擦り合わせて甘い啼《な》き声を漏らす。すると拓磨が久瑠美の太腿《ふともも》をポンポンと叩いた。

「ほら、俺の名前を呼んでお願いしろ。そうしたら、さわってやるから」

「な……なんですか、それぇ……あぁ……ゥウンっ……」

「もう我慢できません、ってくらいモジモジしているからな。さわってほしくてそこが疼《うず》いているんだろう」

すべてお見通しなのが、恥ずかしいやら困るやら。しかし自分でも理解できない反応を、ちゃんとわかってくれるのは助かる。

「久瑠美」

拓磨が顔を近づけ、閉じた太腿《ふともも》の境目を撫でる。それだけで脚の力が抜け、自然と隙間ができた。

「すごく熱くなって湿っているけど、なぜだろうな？　まさか脚を閉じていたから、とか言い訳をするつもりじゃないよな？」

脚の付け根の近くで、彼の指先が内股の肌を軽く掻《か》く。ゾクッとした衝動が駆け上がり、その手を先へ導きたくて久瑠美の腰が揺れた。

「拓……ま……さぁ……」

「ん？　よく聞こえない」

「拓磨、さん……そこっ、さわってくださ……い……」

「わかった」

たどたどしいお願いは、拓磨を強く煽《あお》ったようだ。

久瑠美の唇を食《は》みながら、拓磨の手は熱く湿った秘部へと進む。閉じた花びらを指先でノックされると、蜜がたぷんたぷんと揺れているような気がした。

秘裂を裂いて、くぷくぷと指が呑みこまれていく。

「すごいな……、こんなに濡らして」

彼の声が少し上ずっているように聞こえる。

蜜海に指が沈んだ瞬間、脚が引き攣《つ》るくらいの刺激が走った。

「あっ……あ……」

両脚をピンッと伸ばし、短い喘《あえ》ぎを漏らす。拓磨は久瑠美の上唇をついばみ、開いたままの唇から舌をさらうと、何度もちゅるっと吸い上げた。

「ンッ……ぁ、拓磨、さぁ……ん」

「さわってほしかったんだろう？　ここ、さっきイったときより濡れていそうだ」

「やぁん……ンッん」

拓磨の指は、花芯を隠す小さな花びらを宥《なだ》めるように撫で、その奥へ行くことを許してもらおうとする。

蜜をあふれさせる膣口《ちつこう》を指の腹で圧《お》され、その指がそのまま入っていきそうな雰囲気を感じた瞬間、久瑠美は思わず彼の手を掴《つか》んだ。

掴《つか》んだくらいで彼の動きを止められないことはわかっている。だが、拓磨も久瑠美の様子を探っていたらしく、手を止めてふっと微笑む。

「怖いか？」

「……怖い……っていうか、不安で……」

「指くらいじゃ処女喪失《そうしつ》はしないぞ」

「わ、わかってますっ、いくらなんでも」

真面目な顔で言われたので、ついムキになってしまった。拓磨も冗談のつもりだったようで、軽く笑って「ごめん」とひたいにキスをした。

「こんなところに指を挿《い》れていじられるなんて、そりゃ不安にもなるよな」

余計な心配かもしれないが、なにせ初めてのことなのだ。久瑠美が感じる不安を少しでもわかってもらえたのが嬉しい。しかし……

「どうせなら、俺のモノで処女喪失《そうしつ》させたいし」

「……」

さすがに言い返せないが、意気込みにあふれすぎていて、こっちのほうが不安かもしれない。

「これなら大丈夫だろう」

呟《つぶや》きながら拓磨が身体の位置を下げる。片手は相変わらず乳房をもにゅもにゅといじっているので、久瑠美の身体は快感が途切れることがない。

これなら、とはなんだろう。その疑問はすぐに解決した。両脚を大きく広げられ、拓磨がそこに顔をうずめたのだ。

「た……拓磨さん……あっ！」

制止の言葉を出しかけた瞬間、ぴちゃぴちゃと舐め上げるような水音がした。そらすタイミングを逃した目は、彼が脚のあいだで舌を動かす様をハッキリと捉えてしまう。

「やっ……ダメっ、拓磨さ……そんなとこ……あっあ、ンッ！」

花園に溜まった蜜を拓磨がどんどん舐め取っていく。膣口《ちつこう》にも押しこむように舌をあてては、唇をつけてズズズッと蜜を吸い取った。

舐められるのと吸われるのとでは、また刺激の伝わりかたが違う。

溜まった蜜を吸い出されると、花芯がふるふると震えて、おへその近くまできゅうっと絞られるような感覚になる。

「ふぅ……ぅンッ……やだぁ、あぁん……」

攻められているのは蜜口の周辺だけなのに、下半身全体が感じて疼《うず》いている。無意識に腰が浮き、焦れったそうにうねった。

まるで自《みず》ら拓磨の口に押しつけているように感じてしまい、どうするべきかを迷って、また腰が上下する。

「あっぁ、やっ、ダメェ……」

「いいな……久瑠美に、もっとしてってねだられているみたいだ」

「ち、違いま……あぁぁん……あっ、ダメェ……へんになる……」

乳房から手が離れ、両手で腰を固定された。次の瞬間、今までとは違う場所をついばまれ、ズッ、ズズッと吸いたてられる。

「あ……やぁぁぁ……！」

鋭い刺激が突き上げてくる。下半身の動きを封じられた久瑠美は、シーツを掴《つか》んで悶《もだ》えることしかできない。

「あっ、ダメ、ダメっ……そんな、強くしないで……あぁっ！」

どうやら拓磨は、花園の上部でひっそりと露出していた花芽を捕らえたようだ。

「また……イっちゃ……」

この感覚は間違いない。バスルームで感じたものと同じものが襲ってきている。

そんな久瑠美の状態を知って、拓磨はさらに花芽を甘噛みし、強い刺激を与えてきた。

それにより、久瑠美の快感は一瞬で限界を超えてしまう。

「あぁぁっ……！ ぃやぁ……ンッ、あっあぁ——！」

背が引き攣《っ》り、脚の付け根に力が入った直後、いきなり力が抜ける。ガクンと身体が落ち、久瑠美は胸を上下させて大きな呼吸を繰り返した。

「イけたか。久瑠美」

拓磨の手が離れて腰が自由になるものの、久瑠美はいまだ動けない。頭がぼんやりして、快感に包まれた身体がジンジンしている。

そんな久瑠美の頭を両手で撫でると、拓磨は熱のこもった眼差しを向けた。

「そろそろ、いいか？」

なんの確認かは、ハッキリと言われずとも見当がつく。久瑠美の中に入ってもいいか、という意味だろう。

久瑠美は拓磨を見つめ、こくりとうなずく。最初のうちは戸惑いや恥ずかしさでいっぱいだったが、今はとにかく彼に対する愛《いと》しさでいっぱいだ。

「拓磨さんの……ものになりたい……です」

するりと出た言葉に、少し前の自分なら驚いただろう。

拓磨のものになりたいと、感じるようになるなんて……

横幅の広いベッドには、それに合わせて大きめの枕が数個置かれている。その下に手を入れた拓磨が、そこからなにかを取り出した。

避妊具だと気づき、久瑠美は目を閉じて見ないふりをする。

すぐに準備を終えて久瑠美に覆《おお》いかぶさった拓磨が、そっと唇を重ねてきた。

再び脚を大きく広げられ、久瑠美はドキリとする。熱いものが秘部にあてがわれる気配を感じ、反射的に脚の付け根に力を入れた。

「……好きだ、久瑠美……」

唇の先で囁《ささや》くような、拓磨の声が優しい。

「おまえは人を頼るのが苦手なんだろうが、俺には……なんの遠慮もいらないから、いつでも頼ってくれ」

力が、抜けていくような気がした。

脚だけではなく、どこか気負っていた心も……

脚のあいだの一部が、ぐにっと広がる感覚がする。

無理やり皮膚を引っ張られたかのような、強い引き攣《つ》りと痛みを感じて、腰がビクリと跳ね上がる。すると拓磨が唇に吸いつき、喉《のど》まで出かかっていた声を閉じこめた。

「ンッ……ぅっ！」

彼は舌を絡め、じくじくと吸い上げる。奔放に絡まり、嬲《なぶ》られる舌が気持ちよくて、久瑠美もそれに応えようと、たどたどしく舌を動かした。

「ハァ……あっ、あ……ぅんんっ……ぁあっ！」

唇の端から漏れる声がキスの激しさから出るものなのか、それとも秘部の異物感からくるものなのか、いまいちわからなくなる。

拓磨のものは少しずつ久瑠美の中を進んできているようだ。隘路《あいろ》が拓《ひら》かれていくたび、愛液が媚襞《びひだ》に絡んで拓磨を誘導する。

「痛いか……？」

気遣ってくれる拓磨の声のほうが苦しげに聞こえて、なんだか申し訳なくなってくる。

引き攣《つ》るような痛みは感じるが、我慢できないほどではないような気がした。

「だいじょうぶ……です。それほど、痛くありません……。ごめんなさい、わたしが、初めてだから……拓磨さん、入りづらいんでしょう……？」

拓磨が苦しそうなのは、それが原因ではないかと思う。しかし、ふっと笑んだ拓磨は久瑠美の耳元に唇を寄せ、耳朶《みみたぶ》を甘噛みした。

「あ……ンッ」

「そんなことはない。久瑠美の中が気持ちよすぎて、すぐに暴れたいのを抑えるのに必死なんだ」

「エ……エッチですね……」

「当然だろう。好きな女を抱いているんだから」

ずぶずぶと挿入《そうにゅう》された熱い滾《たぎ》りが、その快感をごまかそうとするかのように、すぐに抜かれていく。それを何度か繰り返したあと、彼はゆっくりと腰を揺らしながら屹立《きつりつ》をうずめてきた。

「あっあ、拓磨さ……」

「気持ちよすぎるのは本当だ。久瑠美は二回もイってくれたから、中が適度にほぐれて柔らかくて……ほんと、抑えるのがつらい」

どうやら彼の言葉は本当らしく、少し進んではわずかに引いて、ハアッと大きく息を吐く。

仕事中の拓磨を知っている身としては、こんな我慢ばかりして苦しそうな様子は彼らしくなく、ちょっと驚いてしまう。

一度決めたら、自分の思うままに進む人なのに……。

久瑠美のことを考えてくれているからこそ、こんなにも自分を抑えているのだろう。

（拓磨さん……）

涙が出そうになった。誰かに心から心配されて想われて、申し訳ないと思う前に嬉しくなるのは、生まれて初めてかもしれない。

「拓磨さ……ん」

久瑠美が両手を伸ばすと、拓磨が身体を寄せてくる。

「どうした。抱きつきたいのか？　いいぞ、痛くて我慢できなかったら、グッと抱きつけ」

優しすぎる声が脳にまで響いて、本当に涙が出た。久瑠美は拓磨の肩に腕を回し、頭を抱くようにしがみつく。

「動いて、ください……」

「ん？」

「大丈夫、ですから……。拓磨さんが抱いてくれているんだって思えば、わたしは大丈夫……。拓磨さんが……、好きな人がつらい思いをしているほうが、つらいです」

言いたいことが、ちゃんと伝わっているのか不安だ。

しかし久瑠美は心のままに言葉を続ける。

「だから、動いていいんです……。拓磨さんに気持ちよくなってもらいたいから……わたし……」

ちょっと大胆なことを言ってはいないだろうか。

それでも本心だ。自分は二回もイかせてもらっているし、拓磨が言うようにそのおかげで〝初めて〟の緊張や硬さがやわらいでいるなら、それも彼のおかげだろう。

好きな人がそこまでしてくれたのだ。だから、彼にも気持ちよくなってもらいたい。

苦しそうな顔なんて、してほしくなかった。

「久瑠美……」

どこか昂《たかぶ》った声で彼女を呼び、その身体を掻《か》き抱いた拓磨が、腰の動きを大きくする。

久瑠美に頬擦《ほおず》りをし、力強く抱きしめた。

「そんな嬉しいことを言われたら……止まれなくなる」

そうは言いつつも、拓磨は欲望のままに貫《つらぬ》いたりはしない。ゆっくりと大きく、そして徐々に一定のリズムをつけて、久瑠美の蜜路を擦り上げた。

「あっ……ぁンッ、んっ……」

「つらくないか？」

「は、い……あぁっ、あっ……もっと、していいです……あぁんっ！」

拓磨を受け止めようと必死になっているので、おそらくまた大胆なことを言っているように思うのだが、自分ではよくわかっていない。

そのとき拓磨が一度腰を大きく引いたかと思うと、ズズズッと長いストロークで楔《くさび》を打ちこみ、久瑠美の内奥《ないおう》を穿《うが》った。

かなり深くまで拓磨を迎え入れることができ、その充溢感《じゅういつかん》に下腹部がピクピクする。

おへその裏側がムズムズし、そこにまで届いているのではないか、と思ってしまう。

「深い……ぁ、あぁ……」

「結構深くまで入ったな……」

軽く呻《うめ》くと、拓磨は腰を引いた。強い充溢感《じゅういつかん》はなくなるが、今まで埋まっていた部分に余韻《よいん》が残って歯痒《はがゆ》い気持ちになる。

「久瑠美を奥まで感じたら、気持ちよすぎてイきそうだ」

「いいの、気持ちよくなって……。わたし……二回も気持ちよくしてもらったから……、拓磨さんも……」

「わかった。久瑠美も、イけるようなら我慢しないでイけよ」

「わたしはもういい……拓磨さんに……」

……とは言うものの、拓磨の剛直が出たり入ったりするたび、お腹の奥のほうがきゅんきゅん疼《うず》いておかしな気分になる。

拓磨の律動に力強さが加わった。ゆっくり引き抜き、力強く挿しこまれる。パンッと肌同士がぶつかる音がして、なおさら淫靡《いんび》に感じた。

「あぁん……拓磨さ……ん」

「気持ちいいよ。久瑠美も、気持ちよくしてやるからな」

拓磨の片手が乳房を掴《つか》み、大きく揉みこんでいく。興奮が高まり続けているせいか、ちょっと力が強いが、それがまた激しく求められているようで久瑠美を煽《あお》りたてていく。

「ンッ……ぁうん、そこ……あっ」

言わなくても、胸が気持ちいいのだとわかっている拓磨は、乳首を擦るように揉みたてた。

「あっぁあ、ダメっ……きもち……あ、ん……」

気持ちいいと言いかけた久瑠美に煽《あお》られたのか、拓磨の抜き挿しが速くなる。

ぱしゅんぱしゅんと、これまでにない勢いで、熱《いき》り勃《た》ったものが久瑠美の中を往復した。

擦り上げられる部分が気持ちいい。二回達したときより、もっともっと強い快感が襲ってきそうな予感に、久瑠美の全身が疼《うず》き上がった。

「拓磨さ……また、さっきと同じ……あっぁ、なんか……」

「久瑠美は身体も素直な優等生だな」

「や……そんな……、あぁ、ほんと、……ダメ、またイっちゃ……ああっ」

「いい、俺もイきそうだ。ほら、先にイけ」

乳首をくりりっとつままれ、切っ先でグッと最奥《さいおう》をえぐられる。弾けるような感覚が全身を駆け抜け、久瑠美は今までで一番大きな快感に呑みこまれた。

「ああっ……！　やぁ……ぁ、アァン――！」

すぐに拓磨が大きく腰を打ちつけてくる。何回目かに「くっ」と呻《うめ》き、グイッと押しつけたところで動きを止めた。

「……久瑠美」

まだ荒い息を吐きながら、拓磨は久瑠美にくちづける。快感で瞳を潤《うる》ませた彼女を見つめ、その顔を撫でた。

「俺は……、今まで自分が置かれた立場ゆえに、邪《よこしま》な考えを持つ秘書をあてがわれることが多かった……。それがイヤで……いっそ秘書なんかいらない、信用しない、というスタンスでやってきた。仕事の話もまともにできない秘書はいらない。俺に取り入ろうとする人間になんて近寄られたくない。ならいっそ、誰もそばに寄るな、と……」

久瑠美は三ヶ月前の拓磨を思いだしていた。

秘書などいらないと言い切り、なにもかも自分でやっていた彼。――そこまでしてしまうほど、彼は不快な思いをたくさんしてきたのだろう。

以前、女はみんな自分になびくと思うな、というようなことを言ってしまった覚えがあるが、そう思っても仕方がないくらいの過去が彼にはあったのだ。

イケメンというのも大変なんだなと思うと、ちょっと笑いがこみ上げそうになるものの、今はそんなことを口にできる雰囲気ではない。が……

「いい男っていうのも大変なんだぞ」

「じっ、自分で言いますか……」

本人に言われてしまい、久瑠美は困ったように笑う。快感に浮かされた状態でなければ、盛大にツッコんでやりたかったところだ。

少しおどけてみせた彼だったが、すぐに穏やかな口調に戻る。

「けれど、おまえにはそばにいてほしいと思える。むしろ、もっと近寄ってほしいと……」

「拓磨さん……」

「もちろん、秘書としてだけじゃない。大切な女性として、そばにいてほしいと思う。誰かを信用する気持ちなんて忘れていた。……なかなかいいものだな。久瑠美が思いださせてくれたんだ」

法悦《ほうえつ》に奪われてしまいそうな意識を必死に繋ぎ止め、久瑠美は彼に抱きつき唇を重ねた。

エピローグ

愛し合った余韻《よいん》に浸りながら、久瑠美は拓磨の腕の中でまどろんでいた。

このまま寝ていいぞと言われたのだが、なかなか寝つけるものではない。拓磨と素肌を合わせているのだと思うだけで気持ちが浮き立つ。

昨日の夜、一人ベッドの中で拓磨のことを考え、涙をこらえていたのが嘘のようだ。

「久瑠美」

声をかけられてドキリとする。目を閉じているので眠っているかと思ったが、彼も起きていたようだ。

「ひとつ、確認していいか」

「なんですか?」

いったいなにを聞かれるのかと構えていると、久瑠美を抱き寄せている手で宥《なだ》めるようにポンポンと叩かれた。

「秘書を、続けたかった理由だ」

またドキリとした。そんな久瑠美に、拓磨は優しい声で続ける。

「二週間も電話番をさせられて、適当にあしらわれても、おまえは根性で耐えた。人の弱みを握って、それを武器に……なんて方法をとってまで俺の秘書でいようとした。どんなに好条件を提示されても、他の会社への転職を承諾しなかった」

彼の目を見つめ、久瑠美は小さくうなずく。もう話してもいいかなと思う。拓磨なら、久瑠美の気持ちもわかってくれるだろう。

それを見て安心したのか、拓磨はさらに続けた。

「どうして俺の秘書でいなくてはならないんだろうと、ずっと考えていた。なにか邪《よこしま》な考えがあるわけじゃないなら、ただの意地かとも思ったが……続けたかった理由があるんだよな？」

「はい……拓磨さんが言ったように、意地も少し入っていますけど……」

拓磨は、執事サロンで働くようになった経緯や、頑《かたく》なに秘書をそばに置かなかった理由を話してくれた。ならば、やはり久瑠美も話すべきだろう。

「わたし、一人でもしっかりやっていけるって証明したかったんです。今までと環境が変わっても、これまでどおり頑張っていけるって……」

「伯父さん夫婦や……今までよくしてくれた人たちの期待に応えるためか？　俺の秘書として雇《やと》われたのに、いきなり他の部署や会社に移ったら、なにがあったのかと心配されるだろうしな」

言わなくてはならないことを先に言われ、久瑠美は目を大きくして拓磨を見た。

まさか彼が、そこまで悟っているとは思わなかったのだ。

言葉を忘れてしまうほど驚いた久瑠美に、拓磨はふっと苦笑してみせる。彼に頭を抱き寄せられ、ひたいにキスをされて、「驚くな」と小さく笑われた。

「もしかして、と思ったんだ。伯父夫婦のもとで育ったことや、前の会社がその伯父さんの会社だということを聞いて……。恩がある人たちに、しっかりと自立した姿を見せて安心させたいと思っている……というのが理由なんじゃないかと」

久瑠美は拓磨の胸に寄り添った身体をさらに密着させて、ゆっくりと口を開いた。

「……伯父さんの会社は、小さな会社だけどアットホームで、みんな温かかったんです。わたしは小学生のころから、学校が終わると遊びに行くくらい大好きで……。働き始めてからは、少しでもその恩を返せるようにって頑張りました。でも、引き抜きの話が来て……」

「本当は、転職したくなかった?」

「はい……。でも、みんなが背中を押してくれたんです。もっと大きな場所で活躍するチャンスだからって。いっぱい励ましてくれて、明るく送り出してくれた。……だから、みんなの期待に応えたかったんです。専務が見た留守電のランプも、心配した伯母さんや伯父さんがかけてきてくれたもので、ちゃんとメッセージは聞いていたけれど、どう

して も消せなくて……」

甘ったれているようで少し恥ずかしい。そんな気持ちが声を小さくするが、拓磨は久瑠美の頭を抱き寄せたままポンポンと叩いた。

「久瑠美が、大切にされていたのがよくわかる」

「……笑いませんか？」

「笑うわけがないだろう。居心地のいい温かな場所から抜け出さなくてはならないときの寂しさと、そこで受けた恩を忘れないようにしっかりやっていこうという意気込みは、俺もわかるつもりだ」

考えてみれば、かつて拓磨も同じような経験をしていたのだ。

彼も温かな居場所を失って、寂しい気持ちをかかえながらも、自分を奮い立たせなくてはいけなかったのだろう。

拓磨が上半身を起こし、久瑠美の身体を仰向けにする。唇に優しいキスを落とし、同じくらい優しい眼差しを向けてきた。

「……これからは、ずっと、俺がそばにいるから」

「拓磨さん……」

続けて頬や鼻、眉間《みけん》やまぶたにキスが落ちてくる。くすぐったさに久瑠美が笑ってしまうと、同じように笑みを浮かべた拓磨が彼女の頬を撫でた。

「よし、ひとまず引っ越すか」

「は？」

「いつまでも、あの危機管理のなっていないアパートに住まわせておくわけにはいかないからな。とりあえず俺のマンションに来い。３ＬＤＫだから広さは充分だと思うが、もし久瑠美が気に入らなかったら別の物件を探してもいい」

「え？　あ、あの、それって……」

いきなりの提案に、久瑠美はあたふたし出す。

「その前に、伯父さんと伯母さんに挨拶《あいさつ》をしに行かないと。そんなによくしてくれた恩人を心配させちゃいけない。普通の親だって、娘が一言もなく男と暮らし始めたら、驚いて心配するんじゃないか？」

「一緒に……」

その意味はわかるが、本気で言っているのか冗談で言っているのかわからない。

慌てる久瑠美に、拓磨はにやりと笑ってみせた。

「しっかりと自立している姿を見せる、っていうのもいいが……幸せになっていく姿を見せて安心させるっていうのも、育ての親に対する恩返しになるんじゃないか？」

拓磨が言わんとすることの意味を悟って、久瑠美の頬が熱くなっていく。

「――大企業の跡取りである俺と結婚前提でおつきあいをしている……ってことで、ご挨拶《あいさつ》に行かせてくれるか？」

「けっこ……ん」

　事の重大さにそれ以上の言葉が出ない。半開きになった唇にキスを落とした拓磨が、ちょっとはにかんだ顔で久瑠美を見つめた。

「イヤか？」

　──ここで、イヤだなんて言えるはずがない……。

　久瑠美が小さく首を横に振ると、嬉しそうに笑った拓磨に抱きしめられた。

「怒られないかな。秘書として預けたのに、さっさと喰うなんてどういうつもりだ、って」

「そ、そんなこと言う人たちじゃないですっ」

「いいんだ。もし怒られたら、久瑠美が一生懸命でかわいくて俺の理性をぶち壊したから、って久瑠美のせいにするから」

「な、なんですかっ、それっ」

　慌てる久瑠美も拓磨につられて笑い、二人でひとしきり笑い合う。それが収まりかけたころ、もう一度見つめ合い、久瑠美のほうから唇を寄せた。

「拓磨さん……大好き」

「なんだ？　もう一回シて、のおねだりか？　いいぞ、何回でもシてやるぞ」

「も、もう少し休ませてくださいっ……」

そう言いつつ、チュッと小さくキスをする。

「愛してるよ、久瑠美」

そんな夢のような言葉とともに、拓磨の唇が重なる。

幸せでいっぱいに満たされ始めた心とともに、久瑠美は、それを与えてくれる拓磨の身体を抱きしめた。

心も身体もあなたで癒《いや》して

「あのね、わたしね、こ、恋人ができたんだっ……」

決死の覚悟だった。

大袈裟《おおげさ》だと言われてしまうかもしれないが、久瑠美にとってはまさに〝清水《きよみず》の舞台から飛び降りる〟という言葉が当てはまるくらいの気持ちだ。

その決心を胸に、久瑠美はケーキ持参で亜弥美の部屋へ押しかけたのである。

他の誰に言わなくたって、亜弥美には言っておかなくてはならない。

無二《むに》の親友だから、という理由だけではない。久瑠美はもうすぐ、拓磨のマンションに引っ越しをする予定なのだ。

なぜ引っ越すのか説明するためには、拓磨という恋人の存在を伝えておかなくては話にならないだろう。

冒頭の一言を口にした久瑠美は、ローテーブルに両手をつき、膝立《ひざだ》ちになっている。

目の前に座る亜弥美が、手土産のケーキにフォークを刺した状態で固まり、久瑠美を見つめていた。

予想としては、このあと「うそー！」という驚きの叫びが……

「知ってるよ」

久瑠美の予想を裏切り、亜弥美はアッサリとそう言ってからケーキを一口頬張《ほおば》る。

「し……知って……？」

こうなると「うそー！」と叫びたくなるのは久瑠美のほうだ。しかし意外すぎて戸惑いの声しか出てこない。そんな久瑠美を置き去りにして、亜弥美はフルーツたっぷりのケーキを食べながら話を続けた。

「あたしからすればさ、やっと言ってくれたー！　って感じよ。だってね、彼氏さん、ちょくちょく久瑠美の部屋に来ていたじゃない。バッタリ会っちゃわないように気を使うの、大変だったんだよ？　だいいち、久瑠美が言ってくれる前にあたしが知っちゃったら、久瑠美も気まずいでしょう？　だから、ちゃんと話してくれるまで絶対に知らないふりをしようと思ってたの～。さ、もうひとつ食べよ。……あれ？　久瑠美はどうして食べないの？」

亜弥美は口もフォークも軽快に動かし、あっという間にケーキをひとつ食べてしまっていた。もうひとつを皿に取り、まったく手をつけられていない久瑠美の皿を見て首をかしげている。そして、ずずいっと顔を近づけてきた。

「ところでさ、彼氏さん、すっごいイケメンだよね。部屋に入ろうとしてるところをドアの隙間から覗き見るのが精いっぱいだったけど、こっそり見てるんだってことを忘れて話しかけたくなるくらい、いい男だったわ」

「う……うん、そうでしょ」

そう思うのも当然だろう。なんといっても拓磨は、かつての亜弥美の〝推《お》し〟なのだ。トーマさんだよ、と言ってもいいものだろうか。いや、本人は気づいていないのだし、そこまで言ってしまう必要はないだろうか。

そんなふうに迷っていると、ひたいをペンッと叩かれた。

「やー、もぉー、惚気《のろけ》られたぁ。久瑠美に惚気《のろけ》られる日が来るなんてぇっ」

さらに興奮した亜弥美に、二回、三回と叩かれる。

「あっ、あやみっ」

久瑠美はひたいを手で押さえながら身体を引き、亜弥美の攻撃から逃げた。

いい男、と言われて肯定しただけなのだが、これも惚気《のろけ》に入るらしい。惚気《のろけ》た経験などないのでわからなかった。

（惚気《のろけ》かぁ……）

そんなことをできるようになった自分に心なしかウキウキするのを感じながら、ケーキと一緒に買ってきた缶コーヒーに口をつけようとする。すると、腰を落ち着けようとしていた亜弥美が、なにかを思いだしたように身をのり出してきた。

「ところでさ、久瑠美の彼氏って、例の専務？」

驚きのあまり、喉《のど》がヒュッとおかしな音をたてる。コーヒーが口に入っていなくてよかった。入っていたら、間違いなくむせていた。

「あー、やっぱりそうなんだ！」

「ま、待ってっ、どうしてそんなふうに思ったのっ」

「やだー、わかんないわけないでしょ？　男の話題を出したことなんかない久瑠美が、愚痴や文句ばっかりとはいえ、あれだけ盛り上がってたのよ？　専務が気になって仕方がないって証拠じゃない。もう、これは恋の予感だとすぐに思ったよねっ」

確かに、あんなに愚痴ったのは生まれて初めてかもしれない。しかし亜弥美に拓磨の愚痴を言いに来たときは、まだただの愚痴でしかなかったはずだ。

あの愚痴のどこから、恋の予感が生まれてくるというのだろう……

そのとおりですと、おとなしく認めるべきなのだろうか。気恥ずかしさも手伝って、いっそごまかしてしまおうかとも考えるが、亜弥美はどんどん逃げ道をふさいでいった。

「わざわざうちに来て愚痴っていくほど気にしていたくせにさ、謎の彼氏が部屋に出入りするようになってからは、なにも言ってこなくなったじゃない。あれだけ腹に据えかねる、って感じだったのに、その後は電話一本よこさないしさ。それってつまり、専務に腹が立たなくなったのかなーって。おまけに三度見、四度見しちゃいそうなイケメンが部屋に来るようになってるし。と、いうことは……って考えちゃったわけ」

「そっ、そこまで考えてたの……」

「もう、妄想しまくりだったわよ。いつ打ち明けてくれるかな、ってワクワクしてたんだから。さあさあ、真相を吐いてもらうからね。あれだけ文句言っておいて、なにがどうしてそうなったわけ？」

やおら張り切り出した亜弥美に迫られ、久瑠美は片手を前に出して後ずさる。

「待ってっ、そんないきなり……」

「いきなりじゃないよー。男っ気なんか一切なかった久瑠美が、いきなりとんでもないハイスペックのイケメンを捕まえるなんて、ぜひその秘訣をお伺いしたいもんだわっ」

「ちょっ……、おおげさ……」

「さぁー、キリキリ吐いておしまいっ」

「あやみっ」

本日の目的は、恋人ができたことを報告し、近々引っ越すと話すこと……のはずだったのだが。

亜弥美が三つめのケーキを食べるあいだ、久瑠美はしどろもどろになりながら、こうなったいきさつを話す羽目になったのである。

「……疲れたぁ……」

我ながら情けない声を出してしまった。

仕事で疲労困憊《ひろうこんぱい》していたって、こんな声は出ないのに。

「久瑠美をそこまでバテさせるなんて、その友だちはなかなかのツワモノだな」

そんな声が上から降ってきて、久瑠美は部屋のセンターテーブルに突《つ》っ伏《ぷ》していた顔を上げる。

カットソーにジーンズ姿というラフな恰好の拓磨がそこに立っていて、マグカップふたつを手に苦笑いをしていた。

亜弥美の部屋から脱出した久瑠美は、なんとか拓磨のマンションへ逃げてくることができた。

下手をすれば一晩じゅう話をさせられそうな雰囲気だったが、ある程度話したところで実にタイミングよく「迎えに行く」と連絡が入ったのである。

拓磨は久瑠美の横に腰を下ろすと、マグカップをテーブルに置き、彼女の頭をポンポンと軽く叩いた。

「お疲れさん。ビールのほうがよかったか？」

「こっちがいいです」

久瑠美はいそいそと身体を起こし、マグカップのひとつを手に取る。拓磨が淹《い》れてくれた温かい紅茶が湯気を立てていた。

「拓磨さん、紅茶淹《い》れるの上手だから。……美味《おい》しい」

頭にのっていた手が頬に落ちてくる。拓磨の艶《つや》っぽい瞳が目と鼻の先まで近づいた。

「お褒めに預かり光栄です。久瑠美様」

突然の執事口調が照れくさい。拓磨と恋人同士になって一週間ほどたつが、彼が執事になったのはあの夜が最後だった。

アパートでお世話をされていたときは、戸惑いつつも慣れなければと気を張っていたところがある。今はそんな緊張がなくなったぶん、照れくささが大きい。

「なに照れているんだ？」

「だってですね……」

案の定、拓磨が冷やかしてくる。

「改めてやられると照れくさいですよ。似合っているだけに」

「やってほしいときはいつでも言え。久瑠美の頼みだったら聞いてやる」

「執事専務の癒《いや》しは、優しくて最高でした」

「普段の俺よりか？」

「はい。普段の専務に意地悪されて、疲れていたわたしを癒《いや》してくれましたから」

ちょっと悪乗りしてしまったかなと思ったが、拓磨は再び執事の顔で微笑む。

「私が久瑠美様に意地悪をしたのは、あの日のバスルームが最初で最後でしたね」

久瑠美が恥ずかしがるのが楽しいのか、拓磨はノリノリだ。頼めばなんでもやってくれそうな勢いである。

久瑠美はちょっと拗《す》ねたふりをしてカップに口をつける。甘めの紅茶が口と心に優しくて、思わず頬が緩んだ。

「甘くて美味《うま》いだろう？」

「はい。拓磨さん、甘いの苦手なのに、甘さの加減がすっごく絶妙ですよね」

「甘い久瑠美なら大好物だけど？」

「……なんか、いやらしい言いかたです」

思ったままを口に出してしまったものの、考えすぎだったらどうしようと焦りが走る。

なんとなく拓磨がニヤリとした気がして、久瑠美はわざと視線をそらしたまま紅茶を飲み進めた。

しかし、そんな態度を拓磨が許してくれるはずもない。身体を寄せてきた彼に頭をそっと抱き寄せられ、耳に唇をつけられた。

「執事をえらく気に入っているみたいだけど、今夜は駄目だぞ？　執事のときは久瑠美にキスができない」

話す吐息が耳介《じかい》の溝をくすぐる。耳孔《じこう》の周辺がムズムズして、久瑠美は小さく肩を震わせた。

「あっ……」

手に持っていたカップが揺れて、紅茶がわずかに唇の横にかかる。

「熱っ……」

それほど熱かったわけではないが、咄嗟《とっさ》に口に出してしまった。それを本気にしたのか、「大丈夫か？」と心配そうに聞いてきた拓磨にカップを取られ、そこをぺろりと舐められる。

「……俺のせいだな……悪い」

彼の舌が唇の横から下へとおりていく。顎《あご》には垂れていないはずだが……と不思議に思っていると、顎《あご》の下にチュッと吸いつかれた。

「た……拓磨さ……」

「んー？」

「た、垂れてはいない……です、よね？」

「すぐに垂れる」

片手で腰を抱き寄せられ、彼の唇が喉《のど》から首筋に移動する。もう片方の手はスカートの上から内腿《うちもも》を探った。

「すぐ、べっちゃべちゃになるから」

「そこのことじゃ……ありませんっ」

ちょっと怒った口調で言うものの、本当に怒っているわけではないことを拓磨はちゃんとわかっている。くすりと笑って久瑠美を見つめ、その困り顔にくちづけた。

「ンッ……んん……」

同時にスカートをまくり上げ、直《じか》に太腿《ふともも》に触れてきた。指先で焦《じ》らすように肌を掻《か》き、徐々に脚の付け根へ近づいてくる。

「甘い久瑠美、欲しいな」

囁《ささや》き声に頭がクラクラする。飲んだのはただの紅茶なのに、酔ってしまったかのようだ。

「も……甘いの……嫌いなくせに……」

「こっちの意味を期待しているみたいだから、ご希望には応えないと」

先程いやらしい言いかただと言ったのを逆手にとられてしまった。拓磨だって絶対にそういう意味で使っていたと思うのに、まるで久瑠美だけがおかしな想像をしたかのように彼は言う。

「拓磨さん、ズルイ……」

「どうして？」

優しく声をかけながら、拓磨は久瑠美を床のラグに横たえる。スカートをさらにまくり上げ、すぐにストッキングとショーツを足から抜いてしまった。

いきなり脱がされドキッとした直後、膝《ひざ》を立てて大きく開かれ、にわかに焦る。

「ま、待ってっ……」

戸惑いを伝える間もなく、拓磨が脚のあいだに顔をうずめた。久瑠美もそれを期待していたとはいえ、いきなり来るとは思わなかった。

「い、いきなりすぎます……」

「大丈夫。こうやって待ち構えていれば、どれだけ垂れても一滴残らず俺のもの」

「スッゴクいやらしい言いかたですねっ」

ぬめぬめとした生温かい舌が、敏感な花園を縦に舐め上げる。ツインニットの薄いセーターを胸の上まで押し上げられ、ブラジャーのカップを引き下げられると、円《まる》い乳房がポロンとまろび出た。

「そんないやらしいこと言うくせに、わたしだけがいやらしいみたいな……」

「ん？　久瑠美はいやらしいだろう？」

「もっ……ぁ、あんっ……！」

文句を言おうとしたとたん、両の乳首をつままれ、くにっとひねられる。胸から走る刺激に腰が浮き、そのタイミングで秘芽を淫皮《いんぴ》ごとついばまれた。

「ぁあっ……ぁ、やぁんっ……！」

つくつくとついばまれているうちに、小さな電極が弾けるような刺激から、ずくずくとした大きな疼《うず》きに変わってくる。浮いていた腰が床に落ち、焦れるように左右に動く。

「た……拓磨さぁ……ン……、あっ、ァン」

「俺がすぐムラッとするのは久瑠美のせい。俺をそういう気分にさせるから、久瑠美はいやらしいってこと」

「こ、こじつけぇ……んっ、ンッ、あ……やぁぁっ……」

つままれていた小さな果実が膨らんで芯を持ってくる。根元からくにくにと揉みたてられ、胸が焦れったい疼《うず》きでいっぱいになる。

急に吐息の温度が上がって息苦しい。胸がぎゅうっと締めつけられるかのようだ。

「ンッ……ん、やっ、ぁ、胸ぇ……」

つい拓磨の両手首を掴《つか》んでしまった。止めようとしたわけではなく添えた程度だったが、お返しとばかりにふたつのふくらみを鷲掴《わしづか》みにされ、大きく揉み回される。

「こうやって揉んでほしかった？」

「ぁんっ、違っ……そうじゃ……あっぁ……」

「久瑠美は胸を攻められるのが好きだから……。ほら、揉んだとたんに垂れてきた……」

拓磨の舌が蜜口の周辺で遊び始める。入口をくすぐり、軽く舌先を挿《い》れては、にじみ始めた愛液をさらっていく。

「あっ、ぁ……ンッ、ハァ……ぁ」

力強い五指が胸のふくらみを絞るように揉みしだく。そのたびに、腰の奥から快感の蜜がぽこっとあふれ出してくる。それを感じるごとに舌を大きく動かされ、本当に一滴残らず彼に吸い取られている気持ちになった。

「甘いの……、すっごく出てくる……」

ゾクッとするような呟《つぶや》きが耳に入り、それだけで下半身がキュッと締まる。舌先で触れられている蜜口が、ビクビクと痙攣《けいれん》を起こしたかのように震えた。

「どうした？　吸ってほしいのか？　こっちの口は素直でいい子だな」

「たっ、たくまさんっ、やらしいです……ぅっ、あぁんっ……！」

ジュルジュルッとするような音を盛大にたてられ、久瑠美は思わず腰を浮かせて脚に力を入れる。

隘路《あいろ》に伝わる微細な振動がお腹の中に広がって、腰からお尻にかけてが攣《つ》ったように伸びた。

「あぁ……あっ！　やっ、やぁぁん……痺《しび》れ……ンンッ！」

吸い取ったあとを綺麗にするかのように大きく舐め上げられ、ついでに秘芽をちくちくと吸いたてられた瞬間、下半身に溜まっていた疼《うず》きが極限に達した。

「あっ……ぁ、やっ、……ぁぁっ――！」

脚が痙攣《けいれん》して腰が床に落ちる。すると唇を離した拓磨がクスリと笑った。

「ズルいぞ。先にイったな」

「……拓磨さん……いじわる……」

達したあとの、ほわりと浮いてしまいそうな意識の中で拓磨を見つめる。意地悪な顔をしているのに、どうしてだろう……彼はゾクゾクするほど艶《つや》っぽい。

胸を掴《つか》んでいた手が離れ、久瑠美の両手も床に落ちる。脱力する彼女を見つめながら、拓磨はどこに隠し持っていたのか避妊具の封を切った。

「吸っても吸っても垂れてくるから、ふさがないとな」

「都合のいい理由ですね……」

「久瑠美は真面目だから、なにをするにも理由をつけてやらないと」

また久瑠美のせいにされてしまったような気がする。

拓磨が覆《おお》いかぶさってきた。見つめ合ったままの瞳が、惹《ひ》きこまれてしまいそうなほど妖艶《ようえん》に笑む。

「背中、痛くないか？」

「大丈夫です……」

床の上ではあるが、背中の下に敷かれたラグは毛足が長くてふわふわだ。そんなことより、久瑠美にはもっと気になることがある。

「あの……このまま？」

「ん？」

「……服は……」

どう言ったらいいかわからないが、今はほぼ服を着たままなのだ。ストッキングとショーツは取られているものの、スカートとツインニットの薄いセーターは身につけている。

とはいえ、スカートはまくり上げられ、ニットも胸の上までまくられて、ブラジャーのカップとの隙間から胸のふくらみが飛び出た状態だ。

自分の目でしっかり確認はできないが、想像しただけで乱れた姿にいやらしさを感じる。

拓磨もちゃんと服を脱いでいるわけではなく、ズボンと下着を太腿《ふともも》の途中まで下ろしただけだ。

まるで、早く繋がりたくて堪《たま》らないと、脱ぐ間も惜しんでいるようで……

「ごめんな、あとで素っ裸にしてぺったりくっついてやるからな。久瑠美は裸で抱き合うのが好きみたいだから」

「ま、またそういうことを言う……あぁっ……！」

文句を言おうとした瞬間、ぐぐっと熱塊《ねっかい》を押しこまれる。

大きな質量が蜜筒を埋めていく。中を満たされていく感覚はとても刺激的で、彼に侵略されているような気持ちにさせられた。

「大事な部分だけ出てるのって、逆にいやらしくて……久瑠美らしくなくて、なんかいいな」

「なんですかぁ……それぇ……、んっ、あ、深い……」

「早くシてほしくて服も脱げないほど、久瑠美を乱れさせているみたいで……。すっごく滾《たぎ》る」

「や、やっぱ……りっ、拓磨さんのほうがエッチで……ああっ……！」

ゆっくりと奥まで挿入《そうにゅう》された熱塊《ねっかい》が、その切っ先で媚襞《びひだ》をえぐる。激しく抜き挿しされたわけではないのに大きな衝動が突き上げてきて、久瑠美はビクビクと腰を震わせた。

「奥……、掻《か》いちゃ……あぁんっ！」

「スッゴク刺激的」

久瑠美を抱きこみ、拓磨が腰を振りたてる。大きな動きで内奥《ないおう》を穿《うが》ち、肌と肌がぶつかる音を盛大に響かせた。

「ンッ……ン、たくま、さぁ……あぁん……！」

「かわいいよ、久瑠美」

「やぁあっ……アンッ……！」

唇が重なると、荒くなった拓磨の息づかいを感じる。口腔《こうこう》を貪《むさぼ》る彼の吐息は熱く、舌は下半身の剛直と張り合うかのように暴れ回った。

上と下とを荒々しく犯されて、久瑠美はただ彼にしがみつくことしかできない。両手で広い背中を掻《か》き抱き、両腿《りょうもも》で大きくグラインドする彼の腰を挟んだ。

「ンッ……ぁ、あぁん、やっ、激しっ……あぁっ！」

息苦しさに負けて唇を離し、喉《のど》をそらすと、露出した白いふくらみが突き出て強調される。その頂《いただき》に吸いつき口腔《こうこう》と同じように嬲《なぶ》り始めた拓磨が、怒涛《どとう》のごとく腰を振りたて蜜路を蹂躙《じゅうりん》した。

猛火のような勢いに、久瑠美は喘《あえ》ぎも快感も止められない。

「あぁあっ……！　やっ、やぁあ……ンッ、ダメェ、ヘンになっちゃ……うう……！」

「ヘンになれ、ほら、イかせてやるから」

突き刺された鏃《やじり》が上壁の弱い部分をゴリゴリと掻《か》く。その瞬間、久瑠美の官能が弾けた。

「あっ……うンッ……やぁあ、イ……くっ、あぁっ――！」

達した余韻《よいん》に酔う間もなく、続けざまに数回奥を穿《うが》たれ、ビクビクと身体を震わせる。

拓磨は苦しげに呻《うめ》き、大きく息を吐くと、ようやく動きを止めた。

「……すまない……、ちょっとつらかったか？」

さすがに攻めすぎたと感じたのか、拓磨が少し申し訳なさそうに久瑠美の髪を撫でる。

久瑠美は息を切らしつつも、拗《す》ねたふりをしてみた。

「やっぱり……、拓磨さんがエッチなんですよ……」

さすがにここまできたら認めるだろうと思ったのに、拓磨はふっと笑んで久瑠美のひたいに唇をつける。

「久瑠美がかわいいから悪い。何回言わせるんだ？　いや、何回でも言うけど」

「強情ですね……」

ハハハと楽しげに笑う拓磨が、久瑠美の上半身をゆっくりと起こしてくれる。中を満たしていた塊がずりゅっと抜け出て、その刺激でまた腰が跳ねた。

「挿《い》れても抜いてもビクビクして、しょうがないな。風呂に入るだろう？　連れていってやる」

拓磨の腕が身体に回される。これはお姫様抱っこをされる——と悟ったところで、久瑠美は彼の腕を手で押さえた。

「いいですよ、毎回こんな……、一人で歩けますから」

しかし、そんな遠慮は無用だとばかりに、さっさと抱き上げられてしまう。

「二、三歩歩いたら倒れそうなくらいふわふわしているくせに、なにを言っているんだ。久瑠美のアパートのバスルームみたいに、ほんの数歩で行けるわけじゃないんだぞ」

話しながら拓磨はバスルームへ歩きだす。彼が住むこのマンションの部屋は3LDKで、バスルームはリビングを出たところにあり、確かに二、三歩では到着しない距離だ。さらに脱衣所が洗面所と一緒になっていて、とても広い。

「拓磨さんのマンションが広すぎるんですよ。一人暮らしなのに、どうしてこんな広い部屋を借りたんですか？」

つい自分の感覚で言ってしまったが、拓磨くらいの人物なら育った家も大きい邸宅であるに違いない。一人で暮らすための部屋だとしても、別に不思議ではないレベルなのかも……と久瑠美は思い直す。

「そのときは、このくらいでちょうどいいかと思ったんだ」

拓磨は苦笑いをして、どこか照れくさそうに言い捨てた。

「一人で住むことになるとは思わなかったしな……」

そう言葉を濁《にご》し、バスルームのドアをくぐると、脱衣所に置かれた肘掛椅子に久瑠美を座らせた。

「大丈夫か？　脱がせてやろうか？」

「そこまでふわふわしていませんよ」

「残念。それじゃあ今度は、服を脱ぐ気力もなくなるくらいふらふらにしてやるか」

「たくまさんっ」

ちょっと怒ったふりをしてみれば、拓磨は笑いながら自分の服を脱ぎ始める。

今さらながら一緒に入るのだと気づき、久瑠美も座ったままいそいそとツインニットのカーディガンを脱いだ。

目の前に現れた拓磨の綺麗な背中を見つめ、なんとなく頭に残った疑問を思い浮かべる。

さっき拓磨は〝一人で住むことになるとは思わなかった〟と言っていた。

……彼は、この部屋に誰と住む予定だったのだろう……

◆

拓磨は仕事だけでなく、プライベートの用事を済ませるのも早い。

何事においても決断が早いのだ。

そう考えると、初めて結ばれた日に同棲《どうせい》を決めてしまったのも、彼の決断の早さゆえと言えた。

あの場の雰囲気や、想いを確かめ合って浮かれていたせいでもあるのでは、と久瑠美は少し疑ったが……

この一週間で、拓磨は久瑠美の伯父と伯母に挨拶《あいさつ》を済ませ、一緒に住むための手続きもすべて終わらせてくれた。

久瑠美が気に入らなかったら新しいマンションを探そうとまで言ってくれたが、豪華なデザイナーズマンションの３ＬＤＫが気に入らないはずもなく、そこに自分が住むのかと考えると、とても信じられない。

来週末には、いよいよ引っ越す予定だ。

伯父夫婦より難関だと思っていた亜弥美も、びっくりするほどアッサリ理解してくれて安心した。しかし、久瑠美には拓磨と住む前にクリアしておかなくてはならない超難関が残っている。

――拓磨の両親への挨拶《あいさつ》だ。

彼の父親といえば、言わずと知れた平賀コーポレーションの社長である。緊張しないはずがない。

行動の早い拓磨が、久瑠美を自分の両親に紹介するのを後回しにしてしまったのにはわけがある。先週から両親が海外へ行っているので、帰国してからにしようと考えたらしい。

それも『いきなり報告して驚かせたいから、会う日まで久瑠美の存在は内緒にしておく』と楽しげだった。

言い寄る秘書を頑《かたく》なに遠ざけ、縁談に見向きもしなかった息子が、いきなり結婚前提でつきあっている恋人を紹介してくる。それも、自分の秘書として働いている女性だ。

……彼の両親は、どれほど驚くだろう。

『二人の呆然とした顔を想像すると、楽しみでしょうがない』

そう言って笑う拓磨は本当に楽しそうで、素敵な悪戯《いたずら》を思いついてワクワクしている子どものようにも見えた。

……不覚にも、その顔がかわいいと思ってしまい、胸がキュンっとするという事態に見舞われ……、久瑠美は、なにも言えなくなってしまったのである。


――そして、その日を明日に控えた水曜の昼……

「さっさやっまさんっ」

妙に弾んだ口調で声をかけられたのは、久瑠美が秘書課のオフィスを出たときだった。声がしたほうへ顔を向けると、岸本百合が笑顔で近づいてくる。

「お疲れ様。今からお昼？」

正午を過ぎたところなのでそう思ったのだろう。久瑠美は苦笑しながら笑ってみせた。

「お昼……の前に、ちょっと行かなくちゃならないところがあるんです。それが終わっ

てから
お昼です」

「そうなの？　大変ね。……専務も一緒？」

「はい。申し訳ないことに、少々昼食を我慢していただくことになっています」

久瑠美のほうからお願いしたような言いかただが、実際のところ、この昼の外出を決めたのは拓磨だった。

おまけに……

『三十分くらいで終わるから、腹減ったって泣くなよ？』

と、逆に言われてしまったのだ。しかし――

『終わったら、〝久瑠美様〟が美味《おい》しいと言っていたシェフの店に連れていってやるから。それまで我慢するんだぞ』

そんな続きがあったので、飴《あめ》と鞭《むち》を上手く使い分けられているとは思えど、気分がよくなってしまったのである。

わざわざ〝久瑠美様〟と言ったのは、拓磨が執事になって久瑠美のお世話をしているときに食事を調達していたレストランだかららしい。

仕事とプライベートはしっかりと分けてくれる人なので、恋人同士になっても仕事はやりやすい。……が、不意打ちでチラリと恋人の顔を見せることもあり、そんなときは限りなくドキドキして体温が上がってしまう。

(いきなり色っぽい顔とかされるとね……。まったく心臓に悪いんだから……。あれはもう、色気の暴力よっ)

思いだしてしまったせいで頬が熱くなってくる。すると、その顔を百合に覗きこまれた。

「専務が一緒ならいいわよね。かえって嬉しいかも？」

「え……！」

反射的に焦りが顔に出てしまった気がする。この焦りが彼女の言葉のせいなのか、それとも美人顔に浮かぶ意味ありげな笑みのせいなのか、自分でもよくわからない。

「専務もいろいろあった人だし、やっと落ち着くのかと思えば一安心ね」

「あの……岸本さん……、なにを……」

百合の態度がすべてを悟っているふうで、久瑠美はますますうろたえる。

拓磨との関係は会社の誰にも言ってはいない。拓磨だってそうだろう。仕事中にアヤシイ雰囲気を漂《ただよ》わせたこともないはずなのに、百合のこの態度はなんなのか……。

焦りまくる久瑠美に、百合はさらなる追及を入れてくる。

「専務の言っていたとおり優等生体質なのね～。こういうときは、もう少し浮かれなさい。それとも、なにか専務に不満でもあるの？」

「ふ、不満なんて……。仕事においては完璧な方ですから……」

やっと絞り出したその返事を聞いて、百合は一瞬キョトンとする。だが、すぐにぷっと噴き出し、久瑠美の肩をポンポンと叩いた。

「モテすぎ人生だった人なのよ。女心より自分が優先、みたいな部分もあるんじゃないかな。でも逃げないであげてね？　我慢できないことがあったら相談して？」

「は、はい……」

オフィスに入っていく百合を見送ってから、久瑠美は専務室へ向かって歩きだした。

百合は、拓磨と久瑠美が恋人同士になったと感づいているようだ。考えてみれば、感づかれるような出来事がなかったわけじゃない。

三ヶ月お疲れ様会の日、拓磨は冒頭の挨拶《あいさつ》で久瑠美を庇《かば》い、約束があるからと嘘をついて彼女を二次会の前に連れ出した。

それに対して百合は「そういう関係だったのぉ〜？」とか「大胆なお持ち帰り宣言」などと呟《つぶや》いていたのだ。

長いこと秘書どころか女性自体を遠ざけていた拓磨が、いきなり新しい秘書を庇《かば》い立てして、彼女をねぎらう会を開いてくれたことに対してみんなに礼を言った。

彼が、初めて秘書を認めた証拠だ。……と、いうより、百合の目には拓磨が久瑠美に特別な興味を持ったのだと映ったに違いない。

おまけに……百合のボスは拓磨の叔父である副社長なのだ。

あの甥《おい》思いな副社長のこと。おそらく拓磨に関する悩み……秘書が決まらないとか、このままでは一生独身だとかを、何気なく百合の前でこぼしていたのではないだろうか。

平賀コーポレーションに社内恋愛禁止の社則はないが、だからといってわざわざ公表しなくてもいいのでは、と久瑠美は思う。……思うが……そういうことは言っておいたほうがいいのだろうか、とも考えてしまうのだ。

（普通は恋人ができたーって、もう少し浮かれるものなのかな。見てわかるくらいニヤニヤしちゃったりとか……）

拓磨と二人きりのときは、我ながら浮かれていると思うし、ニヤニヤしている気もする。しかし会社では……。

「……なんか、難しいなぁ」

考えがいまいちまとまらないまま専務室へ入る。拓磨がいなかったので先に駐車場へ行ってしまったのだろうかと考えたが、久瑠美のデスクにメモが残っていた。

副社長に呼ばれたらしい。すぐに戻ると書いてある。

彼らしい堂々とした達筆な文字だ。ふと、その力強さが久瑠美を抱くときの彼を思いださせ、身体が予期せぬ方向に熱くなる。

「や、やだっ、もう……」

毎日のように拓磨に抱かれているせいで、文字にまで身体が反応するようになってしまったのだろうか。

(こんなふうだから、いやらしいって言われちゃうのかな)

拓磨には悟られないようにしなければ。悟られたら、また面白がられてしまう。

ふと、サイドデスクに置かれたレターケースの上に目が行く。そこにはただのオブジェのように置かれた電話機があった。

電話番をさせられていたころのものだ。今でも着信はあるが、消音の上、留守番電話機能を使っているので、ときどきチェックをするとき以外さわることはない。

今、目についたのは着信ランプが点滅していたからだ。ディスプレイを覗いて、久瑠美はドキリとしてしまう。

【センムノ　アレ】

この表示は久々に見る。久瑠美が拓磨の秘書として働くようになってからは、かかってきたことがなかった。

(今さら、なんだろう)

電話は留守電のガイダンスが流れる前に切られたようだ。この電話の主が留守電にメッセージを入れていたことは一度もない。

鼓動が大きくなっていく。それも、イヤな予感と一緒に大きくなっていく。

以前はあまり深く考えなかったが、よく考えればおかしな電話だ。

この電話番号を使っているということは、拓磨にとってさほど重要ではない相手、ということになる。それなのに何度もかけてきて、メッセージを残すどころか一言も喋《しゃべ》らない。

腹立ちまぎれに、痴情《ちじょう》のもつれかと考えてしまったこともあるが、あながち間違いでもないのでは……という気がしてきた。

以前の拓磨は秘書嫌いで、自分に近づく女性には不信感しか持てなくなっていた人だ。無下《むげ》にふられて、変に執着してしまった女性の一人や二人いても、おかしくないのではないか。

（拓磨さんを、忘れられない女性……？）

久瑠美はごくりと息を呑む。歴代の秘書のうちの誰かか、それとも縁談を無視されたとか、そういう女心を無視するような仕打ちを受けた人なのか……

ネガティブな思考が止まらない。気にし始めると、どこまでも気になってしまい、じわっとイヤな汗がにじんでくるのを感じる。

ジッと固まって考えこんでいたせいか、ガチャリとドアが開く音に、自分でも驚くほどビクッと震えてしまった。

「来ていたか。待たせてすまない」

拓磨だった。特に急いだ様子もなく入ってきた彼だが、デスクの前で固まる久瑠美に気づいて足早に近づいてくる。

「どうした？　泣きそうな顔をして。腹が減りすぎてつらいのか？」

「ち、違いますっ」

思わずムキになってしまってから、久瑠美は電話に視線を戻す。

いつもは電話に見向きもしない拓磨も、久瑠美の様子が気になったのだろう。電話機に手を伸ばし、着信履歴をチェックし始めた。

久瑠美が気にした【センムノ　アレ】は最初に出てきたはずだが、拓磨は気にも留めていない様子だ。本当に見ているのだろうか？　と感じるほどの速さでスクロールしていくので、久瑠美は慌てて口を開いた。

「あの……最初に出てきたやつです……」

「最初？　〝センムノ　アレ〟か？」

「は、はい、久々にかかってきたので……」

電話から手を離した拓磨が久瑠美をジッと見つめる。これは、どうしてそれが気になるのかを言わなくてはならない雰囲気だ。

「なにか問題があるのか？　無言電話なのだろう？」

「はい……ですから、余計に気になって……。そもそも、どうしてそんな名前で登録されているんだろう、とか、……もしかして、……とか……」

「もしかして、なんだ？」

「……専務に好意を寄せていた方が、かけてきているんじゃないか、と……」

久瑠美の言葉はなんとも歯切れが悪い。拓磨が黙ってしまったので、ますます言葉が出づらくなった。

「冷たくあしらわれても忘れられなくて、声だけでも聞きたいと思っている人とか……。専務は昔から女性に好意を寄せられることが多かったようですし……」

そこまで口にして久瑠美はハッと気づく。

そうだ、なにも最近のこととは限らないのだ。

昔……それこそ執事サロンにいたころ彼に夢中になった女性が、正体を嗅《か》ぎつけてかけてきているとも考えられる。

「執事サロンにいたころのお客さんとか……。もしくは……一緒に住む予定だった人が、懐かしがってかけてきたとか……」

思考が先走るあまり、言葉が口をついて出る。いらないことまで言ってしまった——と気づいた瞬間、拓磨に顎《あご》を掴《つか》まれた。

「余計なことを気にするな」

綺麗な眉が不快そうに歪《ゆが》んでいる。ドキリとして口をつぐむ久瑠美だが、瞳に残った不安は隠せなかっただろう。

それをごまかそうとする口が、さらに余計なことを口走る。

「す、すみません。専務のマンション、一人で住むには広すぎるし、専務も『一人で住むとは思わなかった』って言っていたから、つい変なことを……」

心の片隅に引っかかっていたことが漏れてしまったという感じだ。しかし実際に口に出すと急激に気になりだす。

――やはり彼には昔、一緒に住む予定の女性がいたのでは……

「わかった」

拓磨が大きな溜息をつき、久瑠美から手を離す。

「そんなに気になるなら調べてやる。それでいいだろう」

「調べるって、そんな……」

ちょっと大げさに騒いでしまっただろうか。心配する久瑠美をジッと見たあと、彼は軽く息を吐いて背を向けた。

「……一緒に住む予定だったやつでも不思議じゃない。ずいぶんと楽しみにしていたようなのに、駄目になってしまったからな……」

ビクッと身体が震えた。拓磨は「やつ」と言って性別を明確にしなかったが、こんなにも執着して無言電話を入れてくるのだ。どういう関係の人間だったのか想像はつく。

久瑠美は心臓がバクバクしているというのに、拓磨は平然としている。ちらりと振り向いた彼が、〝秘書〟の久瑠美を呼んだ。

「行くぞ、笹山。仕事だ」

「は、はい……」

気になって仕方がないとはいえ、今は仕事に集中するしかない。久瑠美は考えを切り替えようと軽く頭を振り、急いで拓磨のあとを追った。


その日、いつもどおり仕事は終わった……のだが……

こんなになにもなにかを気にして一日を過ごしたのは初めてだ。

例の電話の主について、考えれば考えるほどおかしな気持ちになっていく。

イライラしてモヤモヤする。もしあの電話の主が拓磨の昔の恋人かなにかで、一緒に住む約束までしていた相手だとしたら。

考えたくないのに、そんな思考が頭を埋めて、胸の奥が痛くなる。

――これは、なんだろう……

大きな吐息が漏れそうになるのをぐっとこらえ、久瑠美は秘書課のオフィスへ足を進めた。

終業時刻を過ぎたフロアは仕事中とは違う、独特の雰囲気が漂《ただよ》っていた。

気分が沈んでいるせいか、ちょっと気を抜くと溜息が出そうになる。仕事中も思いだしそうになり、拓磨に悟られないようにするのが大変だった。

(調べてくれるって言っていたし、そのうちハッキリするよね)

いつまでもこのままというわけじゃない。とはいえ、謎が解けたら解けたでもっと胸が痛くなるのでは……という不安もつきまとった。

「あー、笹山さん」

オフィスの近くまで来たところで、ちょうど出てきた先輩課員に声をかけられる。慌てた様子で駆け寄ってきた彼女だが、どことなく楽しげにも見えた。

「専務の様子はどう?」

「専務ですか? いつもどおりですが……」

いきなりなんだろう。不思議に思いつつ当たり障《さわ》りなく返すと、先輩は顔を寄せて声をひそめた。

「結婚が決まりそうだって聞いたんだけど、本当?」

久瑠美は目を丸くする。どうしてそんな話を知っているのだろう。いや、結婚が決まりそう……というより、結婚を前提にしてつきあい始めたばかりだが。

「あの、そういった話は……」

「私のボスが社長と話をしていたら、そういう話題が出たらしいの。驚いてたわ〜。あの専務が結婚するとは、って」

徐々に焦りが消えていく。なんとなく久瑠美が思っているのとは違うように感じた。

「社長がね、海外から戻ってきたら早急に話を進めるんだ、って張り切っているらしいの。本人も承知の話らしいから、専務の様子はどうなのかなと思って聞いてみたんだけど」

「そうですか。特に変わった様子はありませんよ」

久瑠美は動揺を抑え、なんとも思っていないような表情を作る。

「そうなの？　自分の結婚のことなのに、意外に感動が薄いのね。まあ、あの専務だし、らしいなぁって気もするわね」

「ウキウキしていたら、かえって何事かと怖くなります」

「そうかも」

先輩はアハハと笑ってから「なにか進展あったら教えて」と軽く言って廊下を歩いていった。

オフィスに入ろうとしていた久瑠美だが、どうにも足が進まない。血の気が引いて手が冷たくなっているのがわかるのに、じわりと汗がにじんだ。

「結婚って……」

二人の関係がばれたのかと思ったが、あれはたぶん違う。

先輩のボスにあたる重役が、社長から拓磨の結婚話を聞かされた。だが拓磨は社長が帰国したら久瑠美とのことを話すと言っていたので、現段階で社長は久瑠美という恋人の存在を知らないはずだ。

だとすれば、結婚が決まりそうというのは、久瑠美ではない誰かと……ということになる。

おまけに、そのことは拓磨も知っているという。いつ聞いたのかは知らないが、彼の様子はまったく変わらないし、久瑠美だってそんな話は聞かされていない。

(拓磨さんに……縁談がある、ってことだよね)

今までだって、幾度となくそんな話はされてきたはずだし、彼はそれを断り続けてきた。しかし今回は社長がそんなに乗り気になっているのなら、拓磨も納得済みの話なのではないか。

疑問だらけの胸の中に、また二つの疑問が戻ってくる。【センムノ アレ】の正体と、彼が誰と一緒に住む予定だったのかという問題だ。

すべてが繋がっているわけではないだろう。しかし、あの無言電話が縁談の相手だという可能性だってある。

拓磨は知らないと言っていたが、もしもこの憶測《おくそく》が当たっていたら、彼はどうするのだろう。

気がかりなことばかりが胸に去来《きょらい》する。予期せぬ出来事が自分に降りかかる――これは、久瑠美がもっとも苦手とするパターンだ。

まさか初めての恋愛で、こんな悩みをかかえることになるなんて。

◆

逃げてしまいたい。久瑠美はそう思った。

友だちや信頼する人たちのために動くのは得意だけれど、自分のために行動しようとすると、誰かに迷惑がかかるのでは……などと、いろいろ考えすぎて上手くいかない。

それがもどかしくて、情けなくて。だから、日々平穏無事に過ごすことだけを考えて生きてきたのだ。

しかし……

「逃げるわけには……いかないでしょ」

久瑠美はごくりと喉《のど》を鳴らしてマンションのドアの前に立つ。

会社を出てから一度アパートへ帰り、今夜は行かないと拓磨に電話をしたのだが、話したいことがあるから来いと呼び出されてしまった。

しかも、今は手が離せないから迎えに行けないということで、ハイヤーを回してくれたのだ。そうなると断ることはできなかった。

彼は話があると言っていたので、もしかしたら社長から勧められている縁談のことかもしれない。

それに、調べてくれると言っていた無言電話の件もある。

なにを聞かされるかと思うと怖いけれど、彼のことが好きだからこそ、逃げるわけにはいかない。

チャイムを鳴らし「久瑠美です」と名乗ると、ドアが開錠される。いつもは自分で開けて入るのだが、中からドアが開けられた。

驚いて身体を引いた久瑠美は、そこにいた人物を見てさらに驚く。

「お待ちしておりました。久瑠美様」

穏やかで秀麗な微笑み。――執事モードの拓磨だ。

「た……拓磨さ……」

「どうなさいましたか? ああ、久瑠美様は驚いたお顔もかわいらしい」

驚く久瑠美を意に介さず、彼はその手を取り、流れるようなエスコートでドアの中へ招き入れてしまった。

「な、なにしてるんですかっ、拓磨さん」

彼は見慣れた燕尾服《えんびふく》を着ている。初めての夜にバスルームでべちゃべちゃにしてしまい、駄目になったかと思っていたが、どうやら大丈夫だったらしい。

恋人同士になってからはこのスタイルを見ていなかったので、なんだか懐かしさを覚える。

例のはにかみ笑いを漏らした彼は、人差し指で久瑠美の唇を撫でた。

「嬉しいです。この姿のときでも『拓磨さん』とお呼びいただけるのですね。どうせなら、『拓磨』と呼び捨てにしてください」

久瑠美は無言でぶんぶんと首を横に振る。呼び捨てはさすがに無理だ。

靴を脱いで廊下に上がり、エスコートされるままリビングへ向かう。そのあいだ、彼は饒舌《じょうぜつ》に話し続けた。

「本日はお昼から久瑠美様のご様子がおかしかったように思います。終業後にオフィスでお仕事をする姿をお見かけしましたが、とてもおつらそうで、今にも泣いてしまわれるのではないかと……」

偶然通りかかったのか、彼は見ていたらしい。そのときの久瑠美は、そんなにも悲痛な顔をしていたのだろうか。

「おまけに本日はこちらに来られないとおっしゃる。……これは、おそらく無言電話のことなどで、お心を痛めているのだと感じまして」

リビングに入ると、ソファに座らされる。目の前に跪《ひざまず》かれ、両手を彼の両手で包みこむように握られた。

「少しでも、貴女を癒《いや》すことができればと思い、お待ちしておりました」

相変わらずのパーフェクトさだ。聞き惚れてしまうほど穏やかで優しい声と口調。見つめる眼差しは柔らかく、握る手は全身を包みこんでいるかのように心地よい。

「どうやって、癒《いや》してくれるんですか？」

「まず、貴女のお心を惑わせているものを取り除いて差し上げたい」

彼はそう言って、手のひらに包んだ久瑠美の手を撫でる。

「〝センムノ　アレ〟のことですが……」

いきなり核心に近い話題を出されたような気がして、久瑠美はごくりと息を呑む。

「あの電話をかけていたのは、……岸本百合です」

……息を止めたまま、久瑠美は目を見開いた。

そのまま大きくまばたきをする。そんな久瑠美を見つめ、彼はうっとりと微笑んだ。

「呆気にとられたお顔も、かわいらしい」

「いっ、いやっ、そうじゃなくてですね！　そんなこと言ってほしいんじゃなくてっ！」

意表を突かれたせいで、久瑠美の声が大きくなる。意外すぎる言葉を吐いておきながら、彼は冷静すぎるのだ。

「き……岸本さん、って……、そんなわけないでしょう！」

「社内回線でしたので、調べればすぐにわかるのですよ。お疑いなら、今すぐ本人に電話をいたしましょう。本人の口から『そうだ』と一言お聞きになれば、ご納得いただけますか？」

「……岸本さんが……どうしてそんなことを……」

「彼女も、そんなに大変なことをしているという意識はなかったようです。要はちょっとした〝監視〟だったのですから」

「監視……？」

「彼女は副社長の秘書です。新しい専務秘書が着任するたび、ちゃんと仕事をしているか、その前にちゃんと会社にいるかを確かめるように言われていた。そこで、秘書が必ずさせられる電話番の番号にかけ、電話をとらせて確認していたようです」

着任初日から何度もかかってきていた。ほとんどの秘書が初日か翌日からいなくなっていたというので、副社長も相当気にしていたのだろう。

「〝センムノ　アレ〟という名前は、登録した者の勘違いによるものと思われます。久瑠美様の二代前の担当者のとき、岸本百合がうっかり『専務は……』と声を出してしまったらしいのですよ。女性の声で、しかも慌てた様子だったので、恋人かなにかだと思ったのでしょう」

なんと……。

説明されれば納得だ。秘書が続くかどうかを一番心配していたのは百合だし、続きそうだとわかって一番喜んでくれたのも百合だった。

「じゃあ、今日はどうして電話を……」

「久瑠美様のことが心配だったそうです。なにか気弱なことを言っていらしたとかで。……自分のことばかりではなく、女心をわかってあげてくださいと、専務の拓磨に抗議しておりました」

百合は、優しくて強い女性だ。そばで副社長の苦労を見続け、秘書が続かない理由や拓磨の事情も知っているだけに、黙っていられなかったらしい。

「ただ、その電話のことで久瑠美様を悩ませてしまったのなら、謝りたいと申しておりました。明日にも謝罪があると思います」

「謝罪だなんて……。岸本さんは心配してくれただけなのに」

「久瑠美様は、誠にお優しい……」

拓磨は久瑠美の両手に頬擦《ほおず》りをしてから、膝《ひざ》の上でその手を放す。

大きな誤解をしていたのがわかって、久瑠美はなんだか気まずい。しかし彼は相変わらず微笑んだまま久瑠美を見つめ、燕尾服《えんびふく》のポケットからなにかを取り出した。

「それともうひとつ。久瑠美様のお心を惑わせているのであろうものの正体をお教えいたします。こちらをご覧ください」

彼が胸のところに両手で掲《かか》げたのは、一枚の写真だ。毛足の長い、茶色の犬。毛並みがよく、つやつやしている。顔つきはシャープだが、かわいらしさもあり、なんというかハンサムな犬だと感じた。

「立派なワンちゃん……。かわいいですね。アフガンハウンド……かな？」

「よくご存じで」

「このワンちゃんが、どうかしたんですか？」

「専務の拓磨が、このマンションで一緒に住むはずだった相手です」

久瑠美は目をしばたたかせ、写真と彼を交互に見た。

「は？」

「このマンション、ペット可なのですよ。実家で飼っていた愛犬と住むことを考えて広い部屋を選びました。大型犬ですからね。ですが、内臓の病気を患ってしまい……、連れてくることはできなくなってしまったのです」

「そうだったんですか……って、あれ？　……昼間〝センムノ　アレ〟のことで相談をしたとき、『一緒に住む予定だったやつでもおかしくない』って言ってましたよね。あれは……」

愛犬と一緒に住む予定だったのなら、確かにつじつまは合う。しかし、犬が無言電話をかけてくることはないはずだ。

不可解な顔をする久瑠美に、彼はあくまで執事の態度で答える。

「久瑠美様がやきもちを焼いていらっしゃるご様子でしたので、あまりにもかわいらしくて、からかわずにはいられませんでした」

「や、やきもちっ……」

「やきもちでしょう？　私に好意を寄せていた者がかけているんじゃ、とか、一緒に住む予定だった者がかけているんじゃ、とか、そんなことばかりを気にして」

久瑠美は言葉を失った。

イライラして、モヤモヤして、胸がきゅうっと痛くなる感覚。

あれは、嫉妬《しっと》というものだったようだ。

急に恥ずかしくなってくる。カアッと顔全体が熱くなって、彼の顔が見られなくない。

「久瑠美様がやきもちだなんて、専務の拓磨が羨ましい」

写真をポケットに戻し、彼はうつむいてしまった久瑠美の頬に両手を添えて、そっと顔を上げさせる。キスされそうなほど至近距離に顔があって久瑠美はドキリとするが、彼が執事姿のときはキスをしないことになっている。

こんなにも近くにいるのに、彼の唇を感じられないことに、また胸がきゅうっと締めつけられた。

「拓磨さんに……戻ってください……」

切なげな声で、久瑠美は訴える。

「わたしは、拓磨さんに癒《いや》されたい……。執事のあなたではなく……」

「私は、用済みですか?」

「拓磨さんじゃなくちゃ、イヤです」

久瑠美を見つめる彼の瞳が、一瞬だけ悲しそうに歪《ゆが》んだ気がする。そして両手を取られ、彼の襟元に置かれた。

「脱がせてください。この服を脱げば、私は平賀拓磨に戻ります」

同じような言葉を、初めて抱かれた夜に聞いた気がする。あのときも執事服を脱いでから、拓磨が姿を現した。

「……わたし……、拓磨さんが好きです……」

久瑠美は独り言のように口にしながら、彼の燕尾服《えんびふく》に手をかける。スカーフタイを抜き、テールコート、ウエストコートと脱がせていく。

「拓磨さんじゃなくちゃイヤ……。拓磨さんに……癒《いや》されたい……」

口に出しているうちに、ひどく切なくなってきた。

拓磨が好きだ。いつの間にか好きで好きで堪《たま》らなくなっている。

この人の声に包まれたい。この人の手を感じたい。この人に……全身を貫《つらぬ》かれたい……。

自分らしくないくらい、いろんな欲望が渦巻いている。

その中でも一番大きいのが……

「拓磨さんの……そばにいられなくなるなんてイヤ……」

シャツのボタンを外し、ブレイシーズを落とす。その瞬間、両手を掴《つか》まれ、勢いをつけてソファに押し倒された。

「もう、執事の拓磨はいらないな」

にやりと笑う表情が、久瑠美の好きな拓磨に戻っている。彼を見つめてうなずくと、唇が重なり激しく貪《むさぼ》られた。

「ンッ……ハァ、ぁ……」

呼吸も忘れそうな勢いで求められ、久瑠美の息が上がる。掴《つか》まれた両手が放されると、脱がせていた途中のシャツを落とそうと、肌とのあいだに手を入れた。

「久瑠美が積極的で滾《たぎ》るな……。心配しなくても、俺はどこにも行かない。久瑠美のそばにいる」

「でも……、社長が結婚相手を見つけてくれたんですよね？」

「ん？」

「秘書課の先輩が、社長がすごく張り切っているって教えてくれました……。やっと、息子の結婚が決まりそうだって。……拓磨さんも、承知していることなんですよね？」

「している」

決定的な答えに、久瑠美の息が止まる。鼻の奥がツンとして、このままでは泣いてしまう……と感じたとき、拓磨がさらりと言い放つ。

「久瑠美と結婚するって、父に報告したのは俺だし」

「は……ぃ？」

「だから、父親に報告してあるんだ。今の秘書と結婚するから、帰国したら会わせるって。今週末にも一緒に住み始める予定だから、って」

「……でも、びっくりさせたいから、会うまで内緒にするって……」

ちょっと呆然としたまま声を出す。すると彼はアハハと笑いながら自《みず》らシャツを脱いだ。

「あんまり嬉しくて我慢できなかったんだ」

「はぃ？」

「写真もメールで送りつけて、すっごく自慢してやった。かわいいだろ？　かわいいだろ？　って。父には『子どもじゃないんだから落ち着け』って笑われたけど」

口を半開きにしたまま、久瑠美は言葉が出なくなってしまった。溜まっていた涙が、つーっと目尻を流れていく。

「なんだ久瑠美、嬉し涙か？」

都合よく解釈した拓磨が、目尻に唇をつける。そのままチュッと涙を吸って、複雑な顔をする久瑠美を見つめた。

「緊張しなくてもいいぞ。会う前から大歓迎だったから」

「拓磨さん……」

「これでもう心配事はなくなったか？　久瑠美の中で、『わたしは拓磨さんの一番なんだ』って、思えるようになったか？」

自信がみなぎる口調。そこから窺《うかが》えるのは、間違いなく久瑠美を安心させているという確信。

久瑠美は大きくうなずき、拓磨に抱きついた。

「わたしを……癒《いや》してくれるのも、安心させてくれるのも、拓磨さんだけですから……」

「久瑠美……」

愛《いと》しげな声が久瑠美を呼び、ひたいやまぶたに唇が降ってくる。

「もう、執事の癒《いや》しはいらないか？」

「うん。拓磨さんだけでいいの……」

唇を重ね、お互いの舌を吸い合いながら、拓磨が久瑠美の服を脱がせていく。

いつもは彼に身を任せている久瑠美だが、今日はキスをしながら上半身を起こし、自《みずか》らブラウスとブラジャーを床に落とした。

「積極的だな。誘われているみたいだ」

受け身でない久瑠美の雰囲気に煽《あお》られたのか、拓磨の声が上ずる。彼女の唇をついばむように食み《は》舌を吸いながら、両の乳房を揉みしだいた。

「あ……ンッ、拓磨、さんがいい……、放しちゃ、イヤ……」

「放すわけがないだろう。馬鹿なことを言うな」

上半身がソファに倒される。同時に彼の唇が胸の頂《いただき》を捉えた。

「ぁ……んっ、あっ、あ、そこ……」

拓磨に触れられるだけで、こんなにも気持ちがいい。自分の身体と感情が、こんなにも昂《たかぶ》るものだったなんて、久瑠美は知らなかった。

「今夜の久瑠美、ゾクゾクする。嫉妬《しっと》は欲望に火をつけるっていうけど、本当だな。誤解されていると感じたときはどうしようかと思ったけれど、こんなに昂《たかぶ》ってくれるなんて、嬉しい限りだ」

胸の頂《いただき》をしゃぶり、硬く熟《う》れた果実を甘噛みして歯で横に擦る。食いちぎられてしまいそうだと感じるが、そのたびに久瑠美の官能がぞわぞわっと反応した。

「あっ、ぁ……好き……ぁンンッ……」

「そんなに煽《あお》るな。本当に優しくできなくなりそうだ。また怒られるだろう、女心をわかってやれって」

スカートに手がかかり、ストッキングとショーツを一緒に取られる。早々に触れられた秘部は熱情のままに潤《うるお》い、すでに甘い蜜でいっぱいになっていた。

「たくさん……抱いてくださ……い、ぁぁっ……、いっぱい、感じたい……。拓磨さんを……」

ぬるぬるとした愛液を指にたっぷりと絡めて、蜜園を大きく擦り上げられる。中指の先を蜜泉の入口に引っかけ、手のひらで淫肉を揉み動かされた。

下半身への刺激が久瑠美の全身を大きく悶《もだ》えさせる。

「あぁぁ……やっ、や、早……く、あぁんっ！」

「久瑠美……」

その呟《つぶや》きのあと、拓磨の舌打ちが耳に入るが、悪い意味ではないのがわかる。

煽《あお》られてどうしようもなくて、……しかし、それが嬉しいと感じてくれてもいる。

身体を起こした拓磨が、下半身をあらわにし、久瑠美を存分に愛するための準備をする。そして彼女の両脚を腕にかかえ、中腰の状態から突き下ろすように火杭を打ちこんだ。

「あぁ……！　やぁぁっ……！」

ピリピリと痺《しび》れるような挿入感《そうにゅうかん》に悶《もだ》える間もなく、拓磨が大きく腰を揺らして熱塊《ねっかい》を出し入れする。

最初から激しさをもったそれは、久瑠美をとろかすほどに翻弄《ほんろう》した。

「あっ、ンッ、やぁ……すごく……ぁ、きもちいい……！」

「そんなこと言われたら、嬉しくて止まらないだろう……」

「んんっ……あっぁ、拓磨さぁ……！」

久瑠美の両脚を胸の前でかかえ直し、拓磨は覆《おお》いかぶさるように下半身を打ちつける。

激しい音が室内に響くが、それよりも二人の息遣いと久瑠美の嬌声のほうが大きかった。

容赦なく最奥《さいおう》を攻める剛直は、久瑠美の快感を止めることなくどんどん引き出していく。

「あぁ……イ、くっ……、もう、ダメェ……あぁんっ！」

首を横に振って啼《な》き声をあげると、拓磨が舌を吸うようなキスをしてくれるが、腰の激しさは増した。

「いいぞ久瑠美、一度イっておくか？　今夜はたっぷり抱いてやるから」

「あぁあっ……もぅ、やらしいぃっ……拓磨さん、あぁ……好きい……」

「俺も。……愛してる」

ゴリゴリと淫路を擦《こす》られ、快感が爆発する。久瑠美は背を引き攣《つ》らせ、続けざまに喜《き》悦《えつ》の声をあげた。

「あぁあっ……！　ダメ、イく……あぁっ――！」

「くる……みっ！」

声を詰まらせた拓磨が繋がった部分を押しつける。収縮する蜜洞が彼自身を締めつけた。

「あっ……あっ」

吐息に混じる声は、下半身に感じる彼の脈動に重なる。

どくんどくんと脈打って、達したはずなのにまた感情を昂《たかぶ》らせようとする。

かかえられていた脚も小さく痙攣《けいれん》していた。その脚を放した拓磨が、ゆっくりと優しく撫でてくれる。

「困ったな……、今夜は寝かせてやれそうもない」

「あ、明日も仕事ですよ……」

「俺は平気」

拓磨のタフさが、ここでも披露されるとは。呆れつつもクスッと笑ってしまった久瑠美だが、両腕を彼に回して抱きついた。

「たくさん愛してほしいです」

「いいなあ、久瑠美は本当に優等生だ。あっという間にいやらしくなったな」

「先生がいいからですよ」

「よく言った」

拓磨は久瑠美を抱きしめ、まだ挿入《そうにゅう》したままの怒張《どちょう》をググッと押しつける。

ピクンと震えた下半身に再び官能の火が灯るのを感じつつ、久瑠美はひとつ付け加えた。

「でも、明日は拓磨さんのご両親にお会いするし、あまり疲れた顔をお見せするのもイヤです。だから今夜は寝かせてくださいね」

拓磨が少し不満そうな顔をするが、諦めたらしくハアッと息を吐いた。

「わかった。万全の状態でかわいい久瑠美を見せたいしな」

女心がわかっているじゃないですか、とからかってしまおうかと思ったが、艶《つや》っぽい瞳で見つめられ、拓磨の色気の暴力が炸裂する。

「でも、肌の調子がよくなるように、もう一回は必要だろう。執事の拓磨のぶんも、久瑠美を心身ともに綺麗にしてやらないとな。頑張るぞ、俺は」

「た、拓磨さん……」

頑張る方向が、少々違うような気もするが……。

「執事の拓磨さんのぶんも、よろしくお願いします」

彼の心に身を委《ゆだ》ね、久瑠美はちょっと淫《みだ》らで愛《いと》しい幸せを感じるのだった。

書き下ろし番外編

執事とメイドの秘密

この人の「こんな服装を見てみたい」という願望は、誰にでもあるのではないだろうか。

それが普段の姿とは雰囲気の違うものなら、なおさら見たい。

似合いそうもないから馬鹿にするためではなく、目的の人物に似合うと思うからこそ、その姿を見たいのだ。

最近、平賀拓磨にはそんな願望がある。

最初は小さなものだったのだが、日に日に大きくなり、とうとうその人物のために衣装を用意してしまった。

用意したからには実行せねばなるまい。己《おのれ》の漲《みなぎ》る欲望のためにも。

「久瑠美、メイド服を着てくれないか」

平日の二十時三十分。

友だちのアパートに寄ってから二人で住むマンションに帰ってきた婚約者の久瑠美を

出迎えた、拓磨の第一声。

それは「おかえり」でも「お疲れ様」でも「お友だちは元気だった？」でもない。

かわいい目をまん丸にして、久瑠美がドアを開けた状態で固まってしまうほどには衝撃的な言葉だった。

おまけに拓磨の手には、ハンガーにかけられた紺色のワンピースが白いエプロン付きでぶら下がっている。

今のセリフから、それがなにかは聞かずとも察しが付くだろう。

顔を見合わせたまま、ドアを押し開けていたはずの久瑠美の手が、スーッ……と引かれていく。

しかし当然ドアを閉めさせてもらえるはずなどなく、拓磨は反対にドアを開けて久瑠美を内側へ引っ張りこみ、それからドアを閉めた。

「久瑠美」

拓磨が真顔でずずいっと久瑠美に近づくと、彼女はドアに背中を張り付けて焦りの色を濃くする。

「な、ななな、なんですかっ、いきなりなんですかっ、拓磨さんっ」

「メイド服を着てくれ。ほら、ここにあるから」

「メイド服……、そもそも、なんでそんなものがあるんですか！」

「購入したから。一番久瑠美に似合いそうなやつ」

「て、天下の平賀専務がそんないかがわしいものを売っているお店にっ……。誰かに見られたらどうするんですか！」

「通販だ」

「そっかぁ、通販なら安心……じゃ、なくてですねぇ！」

久瑠美は動揺しまくりだ。

そんなに慌てなくてもいいだろうとは思えど、いつも冷静に仕事をこなしてくれる優勝な秘書でもある彼女が、こんなにも照れてドギマギしている姿は、ちょっと新鮮で拓磨まで照れてしまう。

「そんなに照れるな。かわいいから」

「照れてませんよっ。どこをどう見たらそう見えるんですかっ！」

「全部」

サラリと言い放つと、久瑠美は眉をひそめて拓磨の顔をジッと凝視《ぎょうし》し、諦めたように溜息をついた。

「とりあえず……お部屋でひと息ついてもいいですか……」

「帰ってきたんだから早く入れ。久瑠美の家でもあるんだから、いつまでも玄関につっ立ってなくていい」

「誰のせいでつっ立っていたと……」

ブツブツ言いながら久瑠美が靴を脱ぐ。廊下に上がったタイミングでメイド服を渡そうとするが、彼女の手も目も華麗にスルーしていった。

リビングに入った久瑠美がソファに腰を下ろす。ハアッと息を吐きながら頭をかかえ、顔を上げた。

「これから着替えるだろう？」

彼女の前に立ち、にこやかにメイド服を差し出す。久瑠美はまたもやジッと拓磨を凝《ぎょう》視《し》し深刻な声を出した。

「拓磨さん……もしかして、こういう趣味があったんですか……」

「趣味？」

「メ、メイド姿の女の子に『ご主人様』って言ってもらいたいとか、オムライスにケチャップでハートを描いてもらいたいとか、食べさせてもらいたいとか『萌え萌えきゅ～ん』とかって指でハート作って……」

「作って楽しむ店に……行ったことがあるのか？」

あまりにも詳しいので真剣に聞いてしまった。言葉を止めた久瑠美も少々発言が恥ずかしかったと後悔したのか、みるみるうちに頬を赤らめ両手で顔を隠し、拓磨に背を向ける。

「行ったことがあるわけないじゃないですかっ。一応女なんですからね」

「女なのは俺が一番よく知っている。うん、間違いなく女だ。俺が欲情するくらいだ」

「拓磨さんっ、エッチですよぉ！」

久瑠美はなにか思いついたのか、ハッと手を顔から離す。拓磨を見やり、こわごわと聞いてきた。

「もしかして……メイド服を着てエッチなことをしたいとか……、そういうことなんですか……」

「違う」

「へ？」

かなり確信があったのか、アッサリと否定された久瑠美は気が抜けた顔をする。

むしろ拓磨に言わせれば、メイド服でコスプレエッチなる考えもあったかと、新しい選択肢に感心したくらいだ。

「だいたい、特殊な恰好でコトに及びたいというなら、もう少しそれっぽい衣装にする」

拓磨は改めて、手に持つハンガーごと久瑠美の前に差し出す。メイド服を直視し、久瑠美はやっと納得したようにうなずいて座り直した。

「なんか、本格的なメイド服ですね……」

拓磨が久瑠美に着せたかったのは、残念ながらメイド喫茶や特殊なコスプレ衣装のような、ひらひらした露出の多いかわいい系ではない。

スタンドカラーにブッファンスリーブ。ボウタイにウエストのリボン。細《こま》やかにレースがあしらわれ、シンプルなようで手が込んでいる紺色のワンピース。スカート丈はふくらはぎほど。

そして白いエプロンとヘッドドレス。

「露出度は低いし、脱ぎ着もしづらそう……。これは……マニアさん向けではないみたいですね」

少し安心したのか、久瑠美は身を乗り出してメイド服にさわってくる。

しかし拓磨は知っているのだ。

――露出の少ない服にも、マニアが多いことを。

若かりし頃、執事サロンの『トーマ』だった時代、チーフの彼だけが燕尾服を着用していたが「ピッタリと身体にフィットした執事服、とても素敵ですね」と潤《うる》んだ目で見られたものだ。

肌が出ていないからこそのフェチズムというものは、間違いなく存在する。

(俺は……久瑠美なら露出が多いほうがいいな……)

口に出したらまた警戒されそうだ。

スカートの裾《すそ》の刺繍《ししゅう》に感心し、久瑠美はやっといつもどおりの彼女の顔で拓磨に話しかけた。

「エプロンなしなら普通に着られそうなワンピースですよ。本当に、どうしてメイド服なんてわたしに着せたかったんですか？」

「久瑠美は、俺の執事姿、好き？」

サラッと聞けば、瞬間湯沸かし器のごとくポンッと赤くなる。非常にかわいい婚約者の反応に、拓磨は笑みを隠せない。

「そ、それは……、好きですよ。かっこいいし……」

「また見たいって思ってくれる？」

久瑠美は恥ずかしげに視線をそらし口ごもる。上目づかいにこそっと拓磨を見た。

「思い……ます。拓磨さんは、今さら嫌かもですけど、いつもと違う雰囲気の拓磨さんが新鮮で、それも拓磨さんなんだって思うとドキドキするので」

「俺も同じ」

「え？」

久瑠美の隣に腰を下ろす。メイド服を膝に置いて、彼女の肩を抱き寄せ、顎《あご》に手を添えた。

「いつもと違う雰囲気の久瑠美を見てみたいって、欲が出た。俺しか見ない久瑠美。久瑠美は清楚系でかわいいから、こういうクラシカルなものが似合うだろうなって」

「拓磨さん……」

「絶対、似合うと思う」

彼女の瞳を見つめながら顔を近づけ、唇を重ねる。キスを受け入れてくれるように、久瑠美はきっと納得してくれた。確信をして、拓磨はしっとりとしたキスのあとに誘いをかける。

「メイド服、着てくれる？　久瑠美？」

「……はい」

とろん、とした声。拓磨の心が「成功！」と親指を立てる。

「ただし、お願いがあるんです」

「お願い？」

「友だちの亜弥美に、会ってもらえませんか？　それで、もし拓磨さんがトーマさんだって亜弥美にバレたら、執事サロンで働いていた経緯を説明してあげてほしいんです」

亜弥美という久瑠美の友だちが、拓磨のトーマ時代の写真を持っていたのは知っている。店の常連だった、らしい、ことも聞いた。

久瑠美はいつか亜弥美が気づくのではないかと不安がっているが、あれから何年もたっているのにわかるものだろうか。他人の空似《そらに》でごまかせる気もする。

「実は最近、『久瑠美のダーリン、なんかトーマさんに似てるよね』とか言いだして。実はそうなの、と言うわけにはいかないし。今日もなんか疑われちゃって、どうしようって頭かかえていたんですよ。亜弥美、トーマさん推《お》しだったし、いつか気づくんじゃないかと思うと落ち着かなくて」

帰宅してから妙に疲れた様子で頭をかかえていたのは、そのことがあったからのようだ。……メイド服のせいだという可能性は外してもいいだろう。

「バレるなら、いっそスッキリとバレちゃったほうがいいなとか思うんです。ちゃんと説明すればわかってくれる子だし。それなら、自分が推《お》しに推《お》していたトーマさんから説明してもらえるほうがいいでしょう？」

好意を持っている相手に説明をされたほうが、素直に受け止められるという心理はある。

ごまかしきれないのなら、説明をして理解してもらうほうがいいのだ。

「わかった。会おう。もしすぐにバレたら、俺から説明をしよう」

快諾しながら拓磨は久瑠美の両手を握り、彼女の目を見つめる。

「説得できたら、着てくれるな？」

「……着ますけど、亜弥美にその目をしないでくださいよ……。拓磨さん、執事モードになると不必要に素敵すぎるから」

何気に褒められたうえに、ちょっとだけやきもちを焼かれた気がする。

かなり気分がよくなった拓磨は、いざとなったら完璧な説明を試みようと、心ひそかに張り切った。


——数日後の日曜日。

拓磨は落ちこんでいた。

自宅マンションでソファに座り、重い息を吐いて頭をかかえる。

（失敗か……）

午前中、拓磨は久瑠美に連れられて亜弥美のアパートへ挨拶《あいさつ》に行った。

もちろん、久瑠美がしっかりと紹介したいと向こうに伝えたからである。「いつも久瑠美がお世話になってます」というのは表向きで、亜弥美が気づくかどうかを注意深く観察していた。

コーヒーを前に友人同士の学生時代の話などを聞いているあいだも、亜弥美は拓磨の顔をじっと眺めていたので、これは完全にバレたと感じたのである。

そろそろ説明モードに入ろうとしたとき、亜弥美が申し訳なさそうに笑って久瑠美の背中を叩いた。

「疑ってごめんねぇ、久瑠美。あんたのダーリンがあんまりいい男で昔の推《お》しに似てる気がしてたけど、ごめん、まったく違うね。疑ってホントごめん。平賀さんは渋くていい男だけど、トーマさんはぴっちぴちのイケメンだったもん」

――つまり、拓磨は歳をとりすぎていてトーマには見えない……ということらしい。

確かに年月はたっている。さまざまな経験を経て、拓磨だって雰囲気も顔つきも変わったのだろう。

亜弥美に言わせれば……

「推《お》しは歳をとらない」

ということらしい。

膝に両腕を置き、拓磨は肩を落とす。

説得できなかったどころか、別人認定をされてしまった。それはそれでいいのだが、彼にとってはあまりよくない。

今回は〝亜弥美を説得する〟という目的があった。それが果たされなかったということは、拓磨の要望も通らないということだ。

久瑠美にメイド服を着てもらえない……

（絶対似合うのに……）

我ながら未練たらしい。

また大きな溜息が出てしまった。と、視界に入るローテーブルに長いスカートが入りこみ、コーヒーの香りが漂ってくる。

「ご主人様、コーヒーをお持ちいたしました」

「うん、ありが……」

ここには拓磨と久瑠美しかいない。当然コーヒーを持ってきてくれたのは久瑠美だと脳は察するが、拓磨の本能がなにか違うものを感じとった。

顔を上げ、息を呑む。

そこには久瑠美が立っていた。スタンドカラーにブッファンスリーブ。ボウタイにウエストのリボン。細《こま》やかにレースがあしらわれ、シンプルなようで手が込んでいる、ふくらはぎ丈の紺色のワンピースを着て。

そして白いエプロンとヘッドドレス。おまけに髪は、緩く三つ編みにして前に垂らしている。

頬をピンク色にして照れくさそうに微笑む彼女が、とっても……

（かわいい……）

「あの、ご主人様、本日はわたくしの願いをお聞き入れくださって、ありがとうございます。ご足労《そくろう》をおかけしてしまい申し訳ございません」

「久瑠美……」

「似合っていなかったら申し訳ございません。わたくしも、こう、袖《そで》を通しましたらおかしな気持ちになりまして。……ご主人様が執事モードになられるのも理解できました」


話しかたまでメイドモードだ。まさか久瑠美に「ご主人様」呼びをしてもらえるとは。

「ご主人様が気を落としていらっしゃったので、ご希望のものを着用してみました。すみません、ご不快でしたらすぐに脱ぎますね」


拓磨が落ちこんでいたので、着てくれたのだ。なんて優しいのだろう。

言葉もなく眺めすぎたか、久瑠美は拓磨がガッカリしていると思ったのかもしれない。今にも寝室に飛びこんで着替えてしまいそうな雰囲気だ。


拓磨は勢いよく立ち上がった。

「自分で脱ぐな！　脱ぐなら俺が脱がせる！」

拓磨の勢いに、久瑠美は一歩引く。彼女の両肩をグッと掴み、拓磨は力説した。

「かわいい！　むちゃくちゃかわいいぞ、久瑠美！　こんなかわいいメイドがいるか、ってほどかわいい！　もう、世界遺産っ！」

「あ、あの、褒めすぎ、では……」

「それになんだその『ご主人様』って！　ゾクゾクして堪《たま》らない、煽《あお》っているのか!?

よし、ベッドに行こうっ」

「えっ、それは、あの、ありえないのではっ!?」

寝室へ移動しかかる拓磨を押さえ、久瑠美は焦って反論をする。

「だって、拓磨さん……ご主人様は、メイド服でエッチなことしたいとかそういうのはないって……」

「久瑠美を見て気が変わった」

アッサリと久瑠美を抱き上げ、拓磨はベッドに直行する。

シーツの中央に彼女を寝かせると、白いシーツに紺色のワンピースが広がり、めくれ上がった清楚なエプロンから覗く脚がなんともエロティックだ。

（こういうのも、いいな）

完全に拓磨のスイッチが入る。

こうなると久瑠美がなにを言おうと、やめる気は、ない。

「ご、ご主人様が、メイドに手を出していいんですかっ。執事はお嬢さまに手を出せませんよねっ」

ボウタイをほどこうとしていた手が止まる。そうだ、拓磨が執事のときは、久瑠美お嬢さまには手を出さないのが鉄の掟《おきて》だった。

今はその逆……

かわいい目で睨《にら》みつけてくる久瑠美。……しかしここで、拓磨が引くわけもない。

ニヤリと口角を上げると、久瑠美の耳朶《みみたぶ》を食《は》んで甘い声を流す。

執事の口調で。

「それなら、執事の衣装を着てくる。いいだろう？」

「えっ……」

「執事とメイドなら、ＯＫ？」

「あ、あの……」

久瑠美はかなり戸惑うが、耳介をぬたりと舐められ身体を震わせる。切なげな視線を拓磨に寄せた。

「いいですよ……」

久瑠美の了解を得て、拓磨は張り切って身体を起こす。早速執事の衣装を引っ張り出した。

少々マニアックなシチュエーションにはまりそうな予感はあるが……

単なる執事とメイドの秘密なので、善《よ》しとしよう。

東野《ひがしの》朱莉《あかり》と三宮《さんのみや》征司《せいじ》は、大学の同級生で十年来の親友。今は同じ職場で働いており、仕事でもプライベートでも息がぴったり。朱莉はこれからもそんな関係が続くと思っていたのだけれど……。ある日突然、征司から告白されちゃった!? さらには野獣のように激しく迫られて──。

B6判　定価：704円（10%税込）　ISBN 978-4-434-22072-2

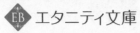

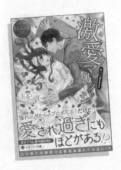

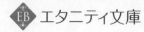

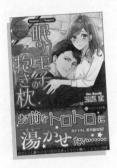

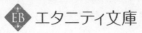

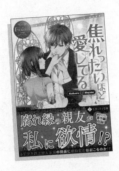

EB エタニティ文庫

憧れの彼が、ケモノな旦那様に⁉

ETERNITY Rouge
エタニティ文庫・赤

溺愛幼なじみと指輪の約束

玉紀《たまき》 直《なお》　装丁イラスト／おんつ

文庫本／定価：704円（10%税込）

就職して一ヶ月の新人ＯＬ渚《なぎさ》は、昔、七つ年上の幼なじみ樹《いつき》と、ある約束をした。それは、彼が初任給で買ってくれた指輪のお返しに、自分も初任給でプレゼントをするというもの。そして迎えた初給料日、樹に欲しいものを尋ねてみると、なんと彼は「渚が欲しい」と求婚をしてきて――⁉

※エタニティブックスは大人の女性のための恋愛小説レーベルです。ロゴマークの色で性描写の有無を判断することができます（赤・一定以上の性描写あり、ロゼ・性描写あり、白・性描写なし）。

詳しくは公式サイトにてご確認ください。
https://eternity.alphapolis.co.jp

携帯サイトはこちらから！

本書は、2018年11月当社より単行本として刊行されたものに、書き下ろしを加えて文庫化したものです。


この作品に対する皆様のご意見・ご感想をお待ちしております。

おハガキ・お手紙は以下の宛先にお送りください。

【宛先】

〒150-6008 東京都渋谷区恵比寿4-20-3 恵比寿ｶﾞｰﾃﾞﾝﾌﾟﾚｲｽﾀﾜｰ 8F
（株）アルファポリス　書籍感想係

メールフォームでのご意見・ご感想は右のＱＲコードから、
あるいは以下のワードで検索をかけてください。

アルファポリス　書籍の感想　検索

ご感想はこちらから

エタニティ文庫

暴君《ぼうくん》専務《せんむ》は溺愛《できあい》コンシェルジュ

玉紀《たまき》直《なお》

2022年5月15日初版発行

文庫編集－熊澤菜々子
編集長－倉持真理
発行者－梶本雄介
発行所－株式会社アルファポリス
〒150-6008 東京都渋谷区恵比寿4-20-3 恵比寿ｶﾞｰﾃﾞﾝﾌﾟﾚｲｽﾀﾜｰ8F
TEL 03-6277-1601（営業）　03-6277-1602（編集）
URL https://www.alphapolis.co.jp/
発売元－株式会社星雲社（共同出版社・流通責任出版社）
〒112-0005 東京都文京区水道1-3-30
TEL 03-3868-3275
装丁イラスト－白崎小夜
装丁デザイン－ansyyqdesign
印刷－株式会社暁印刷

価格はカバーに表示されてあります。

落丁乱丁の場合はアルファポリスまでご連絡ください。

送料は小社負担でお取り替えします。


ISBN978-4-434-30312-8 C0193

本書は、二〇一七年二月、ダイヤモンド社より刊行された『10年後、君に仕事はあるのか?――未来を生きるための「雇われる力」』に、加筆、修正を行いました。

ちくま文庫

10年後《ねんご》、君《きみ》に仕事《しごと》はあるのか？

二〇二〇年九月十日　第一刷発行

著　者　藤原和博（ふじはら・かずひろ）
発行者　喜入冬子
発行所　株式会社 筑摩書房
東京都台東区蔵前二―五―三　〒一一一―八七五五
電話番号　〇三―五六八七―二六〇一（代表）
装幀者　安野光雅
印刷所　三松堂印刷株式会社
製本所　三松堂印刷株式会社

ISBN978-4-480-43690-0　C0195